パパは敏腕社長で溺愛家

伊郷ルウ

幻冬舎ルチル文庫

CONTENTS ✦目次✦

パパは敏腕社長で溺愛家

✦カバーデザイン＝久保宏夏（omochi design）
✦ブックデザイン＝まるか工房

イラスト・金ひかる✦

パパは敏腕社長で溺愛家

第一章

アルバイトを終えて帰宅した千堂優貴《せんどうゆうき》は、ワンルームマンションの簡素な部屋で、先ほどからスマートフォンを凝視している。

表示されているのは、ネットバンクの出入金と残高を記したページだ。

「絶対に無理……」

フローリングの床に脚を投げ出して座り、壁に寄りかかっている優貴はため息交じりにつぶやいて大きく項垂《うなだ》れた。

十日後に賃貸マンションの家賃が引き落とされるのだが、残高はその額を満たしていないのだ。

「どうしよう……」

家賃が引き落とされるまでに、まとまった金額を手にできる予定がないのだ。

二十三歳になったばかりの優貴は大学入学を機に上京し、このワンルームマンションで暮らし始め、卒業後もそのまま住んでいる。

部屋は六畳ほどの広さしかないが、ロフトがついているためさほど窮屈さは感じない。

小さなキッチンにユニットバスがあり、ひとりで暮らすには充分といえる。

なにより、高田馬場《たかだのばば》駅から徒歩十分という立地ながら、築年数が古いことから家賃が相場よりかなり安い。

大学に通っていた四年間は親からの仕送りで家賃を賄《まかな》っていたが、卒業後は自分で支払わなければならないことを考えると、これ以上よい物件などありえなかった。

とはいえ、在学中に漫画家としてデビューし、漫画家だけでやっていくと決めた優貴には
サラリーマンのような安定した収入がない。

駆け出しの漫画家は原稿料も安く、アルバイトをしながら漫画を描いているのが現状で、
生活はカツカツだった。

これまで一度も滞納をしないでこられたのは、学生時代にためたアルバイト代や漫画賞を受賞したときの賞金があったからだ。

貯金は使えば減っていく。勝手に増えていくことはない。

それくらい重々承知していたけれど、あと一ヶ月くらいは大丈夫だろうという思い込みから残高確認を怠っていた。

すでに手遅れ。

まさに万事休すの状態だ。

「とにかく待ってもらわないと……」

家賃を滞納すれば、部屋を追い出されてしまう。

貯金もなく、手持ちの金もないに等しいのに、引っ越しなどできるわけがない。

「はーぁ……」

ネットバンクからログアウトした優貴は、深く息を吐き出して重い腰を上げる。

在学中は親の仕送りに頼り切っていたけれど、もうあてにすることはできない。

漫画賞に入賞した作品が掲載され、雑誌に連載する機会を得られたことで漫画家になることを決意し、就職はしないと伝えた時点で親から縁を切られてしまった。

ともに公務員として働いてきた両親には、息子が漫画家になるなどとうてい許しがたかったのだろう。

大学だけは卒業しろ。

卒業までの面倒はみる。

そのあとは絶対に頼ってくるな。

そう宣言されてしまった以上、泣きつくことはできない。

とはいえ、ここで諦《あきら》めることもできない。

子供のころからの夢がようやく叶《かな》い、漫画家としてデビューしたからにはどうあっても成功したい。

安定した収入が得られないことは最初からわかっていた。

それでも、現在進行中の連載が終了したあかつきには、コミックスになる可能性が高い。

自分の描いた漫画が一冊の本となって世に出れば、今以上に稼げるようになる。コミックスが出ることによって、未来は明るく開けるのだ。

だから、それまではどんな苦境も乗り越える心構えがあった。

「頼み込めば一ヶ月くらい……」

月末には間に合わないけれど、来月になれば原稿料とアルバイト代が手に入る。

家賃の滞納を続けているわけではないのだから、不動産会社もきっと大目に見てくれる。

「六時前だから、まだ間に合う」

床に直置《じか》きしているショルダーバッグを手に立ち上がり、スマートフォンを外ポケットに入れて肩から斜めがけにした。

身につけているのは白い長袖のパーカーに、ライトブルーのデニムパンツで、優貴の定番スタイルだ。

ファッションにほとんど興味がなく、特別な場合を除いては外出するときも着替えたりしない。

小柄で幼い顔立ち、さらには茶色がかったショートの髪が癖毛でふわふわだから、より幼い印象になってしまい、実年齢よりかなり下に見られてしまう。

二十歳《はたち》をとうに過ぎているのに、たまに高校生に間違えられることもあるが、あまり気にしていない。

人の目に自分がどう映っているのかということに、あまり関心がないのだ。

「大丈夫、待ってもらえる」

玄関で自らに言い聞かせてスニーカーを履いた優貴は、不動産会社に向かうべく部屋を出ていった。

＊＊＊＊＊

優貴が賃貸契約をしている二ツ木《ふたつぎ》不動産は、高田馬場駅からほどない場所にあった。

個人経営のこぢんまりとした不動産会社で、学生向けの物件を多く扱っている。

年配の二ツ木がひとりで切り盛りしているようで、店舗の中は雑然としていた。

椅子《いす》が二つ置かれたカウンターの向こうに事務机があり、その上にデスクトップのパソコンが載っている。

「あー、あったあった、城戸崎《きどさき》マンション二〇一号室の千堂優貴さん……」

カウンターの上に広げた分厚いファイルを捲《めく》っていた二ツ木が、ようやく優貴に視線を向けてきた。

ふくよかで温厚な顔立ちの彼は、愛想のよい笑みを浮かべている。

二年に一度の契約更新時にしか顔を合わせないけれど、気さくに接してくれることもあってとくに緊張することもなかった。

「えーっと、まだ大学生でいいのかな?」

「あっ、去年、卒業しました」

優貴の答えに、二ツ木が眉根を寄せる。

急変した彼の表情に、なにかまずかったのだろうかと困惑する。

「卒業したの? じゃあ、勤務先を教えてもらわないと」

「えっ?」

「勤務先がわからないと、なにかあったときに困るでしょ」

広げたファイルにチラチラと目を向けながら、やんわりとした口調で窘《たしな》めてきた。

賃貸の契約を交わしたのは一月だったから、直近の更新時はまだ大学生だったのだ。

「あのう……僕、就職はしてなくて……」

「フリーター?」

「はい、アルバイトをしてます」

小さくうなずいた優貴は、気まずさを感じて視線を落とす。

二ツ木がよい印象を持たなかったのはあきらかだ。

きちんと就職をしていないと、賃貸物件を借りることはできないのだろうか。

これまで考えたこともなかったから、にわかに焦り出す。

「アルバイトねぇ……まあ、いまのところ家賃の滞納がないからいいか」

二ツ木が少しくらい大目に見るよと言いたげに笑い、ほっと胸を撫《な》で下ろした。

「で、今日はどうしてここに?」

「それが……」

すぐには言い出せなくて口ごもる。

家賃の滞納がないと言われたばかりだから、話を切り出しにくくなってしまった。

とはいえ、マンションを追い出されたら行き場がない以上、いまさら引き返せない。

優貴は意を決する。

「実は来月の家賃を少し待っていただけないかなぁって……」

「あー、滞納はダメダメ」

速攻で否定されてしまい、胸の内でため息をつく。

顔色を窺《うかが》っている場合ではない。

ここは押しの一手だ。

「そこをなんとかしていただけませんか? こんなお願いをするのは今回だけです。来月にはお支払いしますので、今月だけお願いします」

両手を合わせ、必死に頼み込む。

「無理無理、そういう話なら大家さんとしてくれないと」

「大家さんと?」

大袈裟《おおげさ》に片手を振った二ツ木を、優貴は小首を傾《かし》げて見返した。

「勝手に待ちますなんて、ウチも言えないからね」

「でも……」

「厳しい人だから無理かもしれないけど、家賃を待ってもらいたいなら直談判するしかないよ」

広げていたファイルをパタンと閉じた二ツ木は、これ以上、話を聞く気はないようだ。

大家と直接交渉するなんて、まったくの想定外だった。

けれど、他に手がないのだから、大家と会うしかない。

「わかりました……あの、大家さんってどちらにお住まいなんでしょうか?」

「今の時間ならギャラリーにいると思うよ」

「ギャラリー?」

「恵比寿《えびす》にあって……確か名刺が……」

きょとんとした優貴を前に、二ツ木が事務机の引き出しを開けて小さなファイルを取り出した。

「ああ、これだ……なにかあったときには伝えていいと言われてて……」

ファイルから一枚の名刺を抜き取り、席を立ってコピー機に向かう。

「大家さんはここのオーナーなんだよ」

向き直った二ツ木が、名刺のコピーをカウンターに置いた。

「ありがとうございます。これから行ってみます」

コピーを受け取って席を立った優貴を、椅子に座った二ツ木が見上げてくる。

「ギャラリーは七時までだよ」

「はい」

「とにかく厳しい人だから言葉遣いには気をつけて」

「はい、ありがとうございました」

改めて礼を言って店をあとにし、そのまま高田馬場駅へと足を向けた。

恵比寿までなら山手線一本で行けるから、七時までには間に合いそうだ。

「城戸崎丈一郎《じょういちろう》さん……ギャラリーをやってるんだぁ……」

マンションの大家であり、かつギャラリーを経営している人物を想像するのは難しいけれど、そこそこ年齢がいっていると思われる。

「厳しい人って言ってたから……」

会いにいったとしても、話を聞いてくれるだろうかと少し心配になってきた。

「正直に話せばきっとわかってもらえる。大丈夫……」

不安を募らせながらも直談判するしかない優貴は、自らに言い聞かせながら改札に向かっていた。

＊＊＊＊＊

恵比寿駅で下車した優貴は、コピーしてもらった名刺の地図を頼りにギャラリーを訪ねた。

「ここが〈ギャラリーJ〉……」

すぐに入ることなく、さりげなく店を眺める。

金色の文字でギャラリーの名が記されたガラスのドア、その左右に絵画が飾られた大きなショーウインドウがあった。

「格好いい」

想像していた古めかしい画廊とは異なり、かなり洒落《しゃれ》た店構えに驚く。

さらに近づいてみると、中はがらんとしていて人の姿が見えない。

「先に電話したほうがいいのかなぁ……」

いまさらながらに、いきなりの訪問に気後《きおく》れする。

でも、電話をして断られてしまったらそれまでだ。

とにかく城戸崎と直に会わなければといった思いが強い優貴は、恐る恐るガラスのドアを開ける。

「こんにちは」

誰もいない店内に声をかけると、奥にある螺旋《らせん》階段をスーツ姿の若い男性が足早に下りてきた。

「いらっしゃいませ」

男性がにこやかに歩み寄ってくる。

きちんとした身なりをしているけれど、まだ三十歳にも満たない感じだ。

いくらなんでも、この男性が大家の城戸崎ではないだろう。

「すみません、城戸崎丈一郎さんはいらっしゃいますか？」

「お約束がおありで？」

男性が訝《いぶか》しげに見つめてきた。

「いえ、約束はしていないんですけど、賃貸マンションのことで少しお話が……」

「賃貸マンション……」

男性が困ったように後方に目を向ける。

奥に部屋があるのか、視線の先にはドアのない出入り口があった。

「中延《なかのべ》君、かまわないよ」

「は、はい」

奥から聞こえてきた声に、若い男性が片手でどうぞと優貴を促してくる。

どうやら声の主は城戸崎だったようだ。

「ありがとうございます」

礼を言って頭を下げ、奥へと足を進める。

「失礼します」

緊張の面持《おもも》ちで中に入っていく。

正面に大きなデスクがあり、ダークグレーのスーツを纏《まと》った三十代半ばとおぼしき、端整な顔立ちの男性が座っている。

部屋には彼ひとりだ。

（あの人が城戸崎さん？）

少しばかり呆気《あっけ》に取られた。

思っていたよりはるかに若い。

けれど、考えようによっては、年齢が近いぶん話がしやすいかもしれない。

「城戸崎丈一郎さんでしょうか？」

「はじめまして、城戸崎マンションの二〇一号室をお借りしている千堂優貴といいます」

「ああ、そうだ」

「まさか、本当に訪ねてくるとは……」

呆《あき》れ気味に笑った城戸崎が、おもむろに椅子から立ち上がる。

思わず見上げるほどの長身で、かっちりとしたスーツがとてもよく似合っている。

艶《つや》やかな黒髪には丁寧に櫛《くし》が入れられ、清潔感があった。

整った顔立ちの中でひときわ目を惹《ひ》く意志の強そうな瞳。

男でも見惚《みと》れてしまうほどの、圧倒的な格好よさがある。

彼ならファッションモデルとしても充分に通用しそうだ。

「二ツ木さんから電話があった」

前に出てきた城戸崎が、デスクの端に軽く腰かけて腕組みをする。

真《ま》っ直《す》ぐに向けられる品定めをするような視線に、わけもなく恥ずかしさを覚えた。

「家賃を待ってほしいそうだな?」

「はい」

勇気を出して顔を上げる。

二ツ木から連絡が入っているなら話が早そうだ。

「今月の家賃引き落としまでに入金が間に合わないんです。でも、来月になれば原稿料やバイト代が入るので、それまで待っていただけないでしょうか？」

「原稿料とは？」

彼が腕を組んだまま、訝しげに眉根を寄せる。

「あの……僕、漫画家で……まだ駆け出しなんですけど連載をさせてもらっていて……」

「ようするにアルバイトをする必要がある程度の収入ということか」

「はい……」

すごく馬鹿にされた気分で悲しかったけれど、漫画だけを描いて生活できていないのだからしかたない。

「兼業で頑張っているのは認めるが、収入が少ないのは個人的な事情で考慮の余地はない」

「待ってほしいのは少しだけなんです。来月になったら必ずお支払いしますから、お願いします」

厳しい口調で言い放ってきた城戸崎に、必死の形相《ぎょうそう》で頼み込んだ。

「決められた期日に家賃を支払ってもらう契約になっている以上、待つことはできないということだ」

きっぱりと言ってデスクから腰を上げた彼が、もう用はないとばかりに背を向ける。

「城戸崎さん……」

「中延君、ちょっと来てくれ」

声を遮られた優貴は、がっくりと肩を落とす。

「失礼します」

呼ばれた中延が部屋に入ってきた。

「明日の搬入時間が変更になってしまったんだ」

「本当ですか？　予定を組み直さないといけませんね」

城戸崎が仕事の話を始め、その場に居づらくなる。

「お邪魔しました」

一礼して部屋をあとにした優貴は、肩を落としたままとぼとぼとギャラリーを出て行く。

「やっぱり無理なのかなぁ……」

家賃の引き落としまであと十日しかない。

「どうしよう……」

家賃が払えなかったら、すぐに追い出されてしまうのだろうか。

転がり込めるような友人はいない。

実家に戻れるわけがない。

何日かならネットカフェに寝泊まりできそうだが、資金が尽きればそれまでだ。

そもそも部屋にある荷物はどうしたらいいのだろうか。

デジタルで漫画を描いているから、パソコンなどの機材は絶対に必要なのだ。

「締め切りだってあるのに……」

お手上げ状態に陥った優貴は、なにかいい解決策はないだろうかと頭を悩ませながら駅に向かっていた。

第二章

この数日、優貴は毎日のように〈ギャラリーJ〉を訪ねている。

城戸崎になんと言われようが、彼に頼む以外の方法が思いつかなかったからだ。

返事はいつも同じで埒《らち》があかない。

もうさすがに諦めるしかないのかと思いつつ帰ろうとした昨日、城戸崎がある言葉を投げかけてきた。

『人になにかを頼むときには、それなりのやり方があるということを知らないようだな』

彼の言葉がなにを意味するのか、優貴は帰路も帰宅してからもずっと考え続けた。

そして、頭を下げてただ頼むだけではなく、誠意を示さなければ心を動かせないとようやく気づいたのだ。

「今日こそ……」

昨日までとは意気込みが違う。

斜めがけしているショルダーバッグには、前借りしたアルバイト代が入っている。

家賃にはとうてい満たない額ではあるが、払う払うと口で言うばかりではなく、実際に払う意思を見せれば城戸崎も考えを変えてくれる気がした。

「あれ？」

ギャラリーのドアを開けようとした優貴は、目に飛び込んできた城戸崎の姿に思わず手を止め、ガラス越しに中を窺う。

ギャラリーの一階には中央にソファが置かれている。

座ってゆっくり作品を鑑賞できるようにしているのだろう。

そのソファに、幼い男の子と並んで城戸崎が腰かけていて、なんと笑っているのだ。

彼の笑顔を見るのは初めてに近い。

会っているときはいつも難しい顔をしていて、たとえ笑ったとしても皮肉めいた笑みでしかなかった。

「城戸崎さんって、あんなに優しく笑うことがあるんだ」

見ているほうも頬《ほお》が緩むような笑顔に、優貴はつい視線を奪われる。

いつもと同じかっちりとしたスーツ姿で、相変わらずの格好よさだ。

けれど、笑みを浮かべている城戸崎は、まったく別人のように感じられた。

「なんか楽しそう」

一緒にいるのは城戸崎の息子だろうか。

膝に載せたスケッチブックに、なにやら描いているようだった。

「可愛い……あっ」

ギャラリーの中を覗《のぞ》いていた優貴は、ふと顔を上げた城戸崎と目が合ってしまい、どうにか作り笑いを浮かべて会釈した。

「ひえ……」

それまで微笑《ほほえ》んでいた彼の表情が急に厳しくなり、思わず息を呑《の》んで身を硬くする。

あまりの変わりように怯《ひる》んでしまい、引き返したい気分になった。

けれど、今日こそはと意気込んできたのだから、帰るわけにはいかない。

「よし、行こう」

気を取り直してドアを開け、元気のいい声を響かせた。

「こんにちは」

「また来たのか」

城戸崎がソファに座ったまま呆れ顔で見上げてくる。

相変わらずの冷たい応対だ。

「城戸崎さん……」

「ああ、すまない」

さっそくアルバイト代を持参したことを伝えようとしたのに、タイミング悪く着信音が響いて城戸崎がソファから腰を上げる。

「ちょっと待っててくれ」

そう言って上着の内ポケットからスマートフォンを取り出した彼が、電話の相手と話をしながら奥の部屋に向かう。

仕事中に訪ねてきているのだから、文句など言えるわけがない。

待つようにと言い残していったのは、話を聞いてくれる気があるからだ。

用などないと、追い返されなかっただけましといえる。

「こんにちはー」

ソファに座っている男の子が、愛くるしい笑顔で見上げてきた。

屈託のない笑み。

人見知りしない子らしい。

薄紫色の制服を着ているところを見ると、幼稚園児だろうか。

胸につけている名札には、「城戸崎 翔太《しょうた》」とある。

やはり城戸崎の息子のようだ。

ただ、子供と接する機会がほとんどないこともあって、何歳くらいなのか見当がまったくつかない。

「こんにちは。お絵かきをしてたの？」

男の前でしゃがみ込み、膝に載せているスケッチブックに目を向ける。

傍らにはフタを開けたクレヨンの箱が置いてあった。

「ゾウさんが上手《じょうず》にかけないのー」

大きくうなずいた男の子が、スケッチブックに目を落とす。

ゾウの頭の部分だけが幾つも描いてある。

ただ気の向くままに、ゾウを描きなぐっているのとはあきらかに違う。

頭部のみを何度も描き直しているのは、幼い子供なりになにかが違うと気づいているからだろう。

繰り返し同じ絵を描いていた幼いころの自分を思い出す。

優貴はいつでもどこでも、紙と描く道具があれば、時間を忘れて絵を描いていた。

描くのが楽しくてたまらなかったのだ。

なにが描きたいわけではないから、手当たり次第、身近にあるものや、テレビや本で目にしたものを夢中になって描いていた。

漫画家になりたいという夢を抱き始めたのも、絵を描くのが大好きだったからで、仕事にしたいまでもその気持ちは変わっていない。

「そっかぁ……お兄さんが描いてあげようか？」

城戸崎の電話はしばらく終わりそうにないし、ひとりでぼんやりと待っているより、翔太と一緒に絵を描いていたほうが楽しそうだ。

「ホントにー？」

「ちょっと貸してね」

嬉《うれ》しそうな声をあげた翔太の隣に座り、彼の膝からスケッチブックを取り上げる。

「あっ、そのクレヨンも」

灰色のクレヨンを手に、さらさらとゾウを描いていく。

動物園でよく目にする動物であれば、想像だけで描くことができる。

「わー、すごーい！　キリンさんもかいてー」

手元を覗き込んでいた翔太が歓声をあげ、次なるリクエストをしてきた。

喜んでいる顔を見ただけで、自分も嬉しくなる。

「じゃあ、今度はこの色で……」

茶色と薄橙《うすだいだい》色のクレヨンを使い、キリンを描き始めた。

多くの場合、キリンは黄色で描かれるけれど、実際の色は違っている。

実物に近い色で描きたいという妙なこだわりを持ったのは、やはり絵を描くことを仕事にしたからかもしれない。

「キリンさんだぁ……」

隣にちんまりと腰かけている翔太は、食い入るようにスケッチブックを見つめている。

真剣な顔つきがまた可愛らしい。

きちんと動物を描けるようになりたいという思いが、ひしひしと伝わってくる。

「はい、どうぞ」

キリンを描き上げた優貴は、スケッチブックを翔太に手渡す。

「すごーい、すごーい、もっとかいてー」

ひとしきり眺めた彼が、すぐにスケッチブックを押しつけてきた。

幼い子供にねだられたら断れるわけがない。

描いて喜んでもらえるのだからなおさらだ。

「それなら、パンダさんを描こうかな」

「パンダさんならボクもかけるよー」

翔太が得意げな顔で見返してきた。

彼も描きたくてたまらなかったのだろう。

「それなら一緒に描こうか？」

「うん！」

優貴は少し身体《からだ》をずらし、満面の笑みでうなずいた翔太とのあいだに、真新しいページを開いたスケッチブックを置いた。

翔太がニコニコ顔で、黒のクレヨンを手に取る。

黒が使えないのであれば、逆にあり得ない斬新な色使いをすればいい。

子供のお絵かきにルールなどないに等しいのだ。

「あれ？　なんかへーん」

黙々とパンダを描いていた翔太が顔を起こし、唇を尖《とが》らせて首を傾げる。

幼稚園児にしては、よく特徴を捉えて上手《うま》く描けている。

ただ、黒く塗るべき部分が少しばかり足りていないのだ。

「パンダさんはここも黒いんだよ」

「そっかー」

指先で示してやると翔太がパッと顔を明るくし、再びパンダを描き始めた。

「しっぽは白いんだよね？」

「そうそう、よく知ってるね」

「あっ、目の周りはもっと大きくしたほうがいいよ」

「これくらい？」

「そうそう」

互いに下を向いたまま言葉を交わし、パンダを仕上げていく。

クレヨンを使うのは、いったい何年ぶりのことだろうか。

線を描いたり塗りつぶしたりするときの、ねっとりとした感覚がなんとも懐かしい。

どんどん楽しさが増していく。

「できたー」

「僕も」

「お兄さんのパンダさん、すっごくかわいい」

「ありがとう。翔太君もすっごく上手だよ」

ようやく二人とも描き上がり、満足顔で互いに褒め合う。

桃色一色でパンダを描いたのは初めてだけど、翔太が言ったように思いのほか可愛い。

「楽しそうだな？」

突如、聞こえた城戸崎の声に、優貴はパッと顔を起こす。

「あっ、すみません、勝手に……」

あたふたとクレヨンを箱に戻してソファから立ち上がり、神妙な面持ちで城戸崎を見つめる。

「ほう、漫画家だけあって絵が上手いんだな」

「ありがとうございます……」

ソファに広げたスケッチブックを眺めた彼に褒められ、戸惑いを覚えた。

いつも厳しいことばかり言う彼が褒めてくれるなんて思いも寄らなかったから、嬉しいやら恥ずかしいやらでなんとも複雑な気分だ。

「お兄さん、もっとかいてー、パパはお絵かきがすっごーく下手《へた》なのー」

「絵を見る目はあるんだけどな」

苦笑いを浮かべて強がった城戸崎を見て、思わず笑いそうになった優貴は必死に堪《こら》えた。

クレパス

さすがに息子だけあって、歯に衣《きぬ》着せぬ言いようだ。

あんな言い方をされたら、逆に城戸崎が描く絵が見たくなってくる。

「ねえ、もっとお絵かきしよう」

ソファにきちんと座り直した翔太が、真っ直ぐに優貴を見上げてきた。

まだまだ描き足りていないのだろう。

つき合ってやりたいところだが、いまはそうもしていられない。

「ごめんね、パパとお話があるから、ちょっとだけひとりでお絵かきしててくれる？」

「もう話すこともないと思うんだが？」

翔太の前にしゃがみ込んで言い聞かせた優貴に、城戸崎がきついひと言を放ってきた。

確かにここ何日かは同じことを繰り返すばかりだったのだから、彼がそう言うのも、もっともだ。

相手をするのも面倒に思っていてもおかしくない。

けれど、彼が昨日、帰り際に発した言葉が考えるきっかけとなった優貴は、チャンスを与えてくれたようにも感じている。

むすっとしている翔太の膝を優しく叩いて立ち上がり、ショルダーバッグから取り出した茶封筒を城戸崎に差し出す。

「あの、これを受け取ってください」

「まさかキャッシングしたのか？」

手に取った封筒の中をさっと確認した彼が、険しい顔で見返してきた。

「違います。アルバイト代を前借りしてきました。それでも家賃には少し足りなくて……」

全額を支払えない申し訳なさから、言葉尻《じり》が情けなく消えていく。

でも、ここできちんと気持ちを伝えなければ、彼はいつもと同じ返事をしてくるだけであり、優貴はしっかりしろと自らを鼓舞した。

「来月には確実に原稿料が入るし、アルバイトも増やしますからマンションから追い出さないでください」

とにかく家賃を踏み倒すつもりがないことをわかってほしいのだ。

「アルバイトを増やしたりしたら、本業の漫画が描けなくなってしまうだろう？」

深く頭を下げていた優貴は、彼の問いかけに不思議な思いで顔を起こす。

考え違いだろうけれど、彼が心配してくれているように感じられた。

「でも、住むところがなくなったら漫画が描けなくなってしまうから……」

正直な気持ちを言葉にし、唇をきゅっと結んで彼を見つめる。

漫画を描くためには場所が必要だ。

その場所を確保するためなら、アルバイトも節約も苦でなかった。

「なるほど」

「お願いします」

軽くうなずいた城戸崎に、改めて頭を下げる。

来月まで家賃を待つと言ってほしい。

今回かぎりは特別に許してほしい。

優貴はただただそれだけを願う。

「ひとつ提案があるんだが」

「提案ですか？」

長い沈黙のあとようやく口を開いた彼を、訝しげに見返す。

マンションから追い出されないですむなら、どんな提案も受け入れると即答したいところだが、さすがにそれはできなかった。

「俺の家で住み込みの仕事をする気はあるか？」

「城戸崎さんのお宅で？」

優貴はさらに表情を険しくする。

彼の考えていることが、まったく想像できない。

「仕事といっても、この子を幼稚園に迎えに行って、俺が帰宅するまで遊び相手をするだけだ。ただ、土曜と日曜は幼稚園が休みでも俺は仕事があるから、一日、相手をしてもらうことになる」

翔太に視線を向けつつ説明した彼を、驚きの顔で見返す。

子守役として雇うつもりでいるようだ。

それなら、もっと他に適した人がいそうな気がする。

そもそも、住み込みでする必要がないのではないだろうか。

「平日の拘束時間は六、七時間くらいで、それ以外の時間は自由に使ってかまわない。ああそうだ、君の休日はギャラリーの定休日と同じ月曜日になる」

「翔太君のお世話が仕事ということですよね？」

「そうだ」

優貴の問いに、城戸崎が真面目《まじめ》な顔つきでうなずいた。

ここまで詳細に説明をしたのだから、彼は本気で雇うつもりでいるのだろう。

絵を描くのが大好きな翔太の遊び相手になるのは容易《たやす》い。

ただ、この提案には引っかかるところがある。

「あの……奥さまは？」

「家には俺と翔太しかいないんだ。それで、世話をしてくれる人をずっと探していた」

「そうなんですか……」

城戸崎に表情ひとつ変えることなく答えを返され、優貴は言葉に詰まった。

息子と二人暮らしということは、妻が不在ということだ。

別居、離婚、死別など理由は幾つか考えられるが、さすがに立ち入ったことは聞けないから困る。

「翔太は人見知りのところがあって、あまり初対面の人に懐かないんだ。でも、君とはすぐに打ち解けたようだから、安心して任せられそうな気がしてね。それに、俺はお絵かきの相手をしてやれないが、漫画を描いている君なら打って付けだろう？」

そう言った城戸崎が、ひとりでお絵かきをしている翔太に柔らかな視線を向けた。

彼は息子のことを第一に考えている。

そして、優貴は彼の大事な息子の世話役として選ばれたようだ。

「そうですけど……」

確かに適役のような気がしなくもない。

とはいっても、いきなり住み込みで働かないかと言われても尻込みしてしまう。

なにしろ、城戸崎は借りているマンションの大家というだけで、よく知っている人物とは言い難いのだ。

「なによりいいのは、賃貸契約を交わしている君なら、わざわざ身元を確認する必要がないからな。ところで、アルバイトでどれくらい稼げているんだ？」

「月によって違いますけど、だいたい十万くらいです」

自然な流れで訊《き》かれたため、思わず答えてしまった。

グイグイと迫ってくる彼に、なんだかこのままだと考える余地もなく丸め込まれてしまいそうだ。

「では、給料は同じだけ払おう。住み込みで働けば家賃がいらなくなるから、だいぶ楽になるんじゃないか？」

どうだと言いたげに、彼が顔を覗き込んでくる。

確かにと思ってしまった優貴は、反射的に苦笑いを浮かべた。

これほどの好条件の仕事はそうそうないだろう。

家賃の負担から解放されるだけでなく収入も得られると思ったら、少しばかり心が動いてしまった。

「お兄さん、おウチに来てくれるのー？」

翔太が愛くるしい顔で見上げてくる。

お絵かきしながらも、こちらの会話に耳を傾けていたようだ。

「どうする？」

城戸崎が追い打ちをかけるように訊《たず》ねてきた。

彼のことはよく知らないし、翔太とは会ったばかりだ。

けれど、それは些細《ささい》なことに思えた。

「やります、やらせてください」

気負ったせいでちょっと声が上擦《うわず》ってしまい、城戸崎が軽く笑う。

笑われても気にしない。

「いいんだね？」

「はい」

念を押してきた彼に、はっきりと答えた。

彼の家で働けば、漫画を描く場所が確保できるのだ。

家賃の心配をすることなく、漫画を描けるのだから幸せすぎる。

「では、これは必要なくなるから君に返そう」

「はい」

城戸崎から差し出された茶封筒を受け取り、ショルダーバッグにしまう。

これで当面の生活費も確保できた。

路頭に迷うかもしれないという恐怖がなくなったのだ。

かつてないほどの安堵《あんど》感を覚えている。

「まだ時間はあるか？」

「はい」

「雇用契約書を用意するから、しばらく翔太の相手をしてやってくれないか？」

「わかりました」

にこやかに会釈をすると、城戸崎はすぐさま奥の部屋に足を向けた。

その場で雇用契約書を交わすなんて、賃貸マンションとギャラリーを経営しているだけあり、さすがにしっかりしている。

「翔太君、一緒にお絵かきしよっか」

「やったー」

再びソファに腰を下ろし、スケッチブックを挟んで翔太と絵を描き始めた。

「翔太君はいくつなの？」

「五さーい」

「五歳かぁ、もうすぐ小学生になるんだね」

「そうだよー」

きちんと答えてくれるけれど、視線は手元に向けたままだ。

絵を描くのが本当に好きで、楽しくてたまらないのだとわかる。

（いい仕事かもしれない……）

城戸崎と顔を合わせる時間は少なくてすみそうだし、人懐っこくて絵を描くのが好きな翔太となら上手くやれそうな気がする。

住み込みで働くなんて考えたこともなかったけれど、なんとかなりそうだ。

ここ数日の不安がすっかり吹き飛んだ優貴は、翔太とのお絵かきを存分に楽しんでいた。

第三章

〈ギャラリーJ〉の定休日に合わせ、優貴は城戸崎父子《おやこ》が暮らすマンションに引っ越してきた。

翔太は幼稚園に行っていて、出迎えてくれたのは仕事が休みの城戸崎だけだった。

白金《しろかね》の住宅地に建つ瀟洒《しょうしゃ》な五階建てのマンションは、外観からして気負ってしまうほどの高級感が漂っている。

間取りは5LDKで、内装もそれはそれは豪華な造りになっていた。

通された優貴の部屋はまだ誰も使ったことがないという客室で、まるでホテルの一室に足を踏み入れたかのようだ。

「広さは充分だろう？」

簡単に室内の説明をしてくれた城戸崎を、優貴は苦笑いを浮かべて見返す。

今日はオフだから、さすがに彼もラフな様相だ。

ざっくりと編んだ生成りのセーターに、細身の黒いパンツを合わせている。

髪も軽く櫛を入れただけで、いつもの堅苦しい感じがまったくない。

スーツ姿はもちろんのこと、カジュアルなスタイルも抜群に格好いい。

いつも代わり映えのない服装の自分が、さすがにちょっと恥ずかしく感じられた。

「はい、広すぎるくらいです」

部屋にはダブルサイズのベッド、二人掛けのソファと小さなテーブルがすでにあったが、運び込んだ作業用の机を置いてもまだまだ余裕がある。

壁一面のクローゼット、さらには小さなシャワールーム、洗面台、トイレがそれぞれ単独で設置されていて、借りていた部屋とは比べものにならないほどの贅沢《ぜいたく》さだ。

「もし風呂に入りたかったら向こうのバスルームを使ってかまわない」

「ありがとうございます」

素直に礼を言ったけれど、シャワーがあれば充分そうだった。

「あと、朝と晩の食事は基本的に家で食べているんだが、二人分も三人分もたいして違わないから、一緒に食べるなら君のぶんも用意するが、どうする？」

「あっ、いえ、食事は大丈夫です。たぶん時間が合わないと思うので」

さすがに食事の用意までさせるのは申し訳ない。

雇われの身で、そこまで甘えられなかった。

「夜型なのか？」

「ええ、まあ……」

よく思っていないような顔つきをされ、優貴は曖昧《あいまい》に返事をして軽く肩をすくめる。

好きで夜型の生活をしていたわけではない。

アルバイトをしていたから、夜中に漫画を描くしかなかったのだ。

「幼稚園のお迎え時間に遅刻しなければ、何時に起きようが問題ないから自由に過ごすといい」

「はい」

「他に聞きたいことはあるか？」

「ないです」

「じゃあ、二時半にここを出るから、それまで部屋の片付けでもしててくれ」

腕時計をちらっとみやって時間を確認した城戸崎を、優貴は改めて真っ直ぐに見上げた。

「あの……ありがとうございました」

「うん？」

なぜ礼を言うのかといったように、彼が軽く眉根を寄せる。

「こんな恵まれた環境で漫画が描けるなんて夢みたいです。頑張ってたくさんの人に読んでもらえる漫画家になります！」

「いまは気合い充分でも、自由に使える時間が多いほど人は怠けがちになるから気をつけるんだぞ」

城戸崎は励ますのではなく、厳しく諭して部屋をあとにした。

ここでならのんびり仕事ができそうだと考えていた優貴は、痛いところを突かれてしまってひとり苦々しく笑う。

「まだ若いのに経営者として成功するって、そういうことなのかぁ……」

彼はきっと、なにがあっても浮かれたりしないのだろう。

いつも冷静に物事を見て判断しているのだ。

見習うべきところが多々ありそうだなと思いつつも、床に置いてある段ボールの箱を開け始めていた。

＊＊＊＊＊

道順を覚えるため城戸崎と一緒にマンションを出て幼稚園に来た優貴は、まず先に園長室を訪ねていた。

明日から翔太を迎えに来る役目を優貴に任せることの説明と、幼稚園に出入りするとき必要になるＩＤカードを発行してもらうためだ。

ＩＤカードが発行されるまでのあいだ、いかにも幼稚園の園長先生といった温和な顔立ちのふくよかな女性と、保護者である城戸崎が交わす世間話を、優貴は会話に加わることなく緊張の面持ちで聞いている。

翔太が通っているのは都内でも有数の幼稚園ということで、厳重なセキュリティーシステムによって守られていた。

正面にある巨大な門は閉ざされていて、迎えに来た保護者は警備員が待機しているゲートを使って出入りする。

その際には園長の承認を得た者だけに発行されるＩＤカードを、ゲートの脇にあるカードリーダーにかざさなければならない。

ＩＤカードの期限が切れていたり、偽造されたものであった場合は、ゲートが開かないようになっている。

必要不可欠なものであるから発行されるのを待つしかないのだが、こういった場所も状況も初めての経験となる優貴は、こころなしか落ち着かないでいた。

「失礼いたします」

園長室に入ってきた職員が、園長にカードらしきものを渡して戻っていく。

「千堂さん、こちらが城戸崎翔太君の保護者であることを証明するＩＤですから、お迎えの際は必ずお持ちになってくださいね」

園長が新たに発行されたＩＤカードを、優貴に差し出してくる。

「はい、ありがとうございます」

丁寧に頭を下げてＩＤカードを受け取り、脇に抱えているショルダーバッグのポケットにしまった。

「朝は変わらず私が翔太を送り届けますが、明日からのお迎えは彼に任せますので、宜《よろ》しくお願いいたします」

「承知いたしました。仕事の途中でお迎えに来るのは大変だったでしょうから、これでお父様も楽になられますね？」

「おかげさまで。では、失礼いたします」

にこやかに園長と言葉を交わした城戸崎が軽く頭を下げ、優貴は彼に倣《なら》う。

「失礼します」

城戸崎に続いて園長室をあとにし、そのまま園庭に足を向けた。

園庭は大勢の園児と迎えに来た保護者で賑《にぎ》わっている。

「パーパー！」

遠くから聞こえてきた声に目を凝らすと、翔太が手を振りながら走ってくるのが見えた。

小さな身体に薄紫色の制服を纏った彼は、黄色い帽子を被《かぶ》り、青いリュック型の通園バッグを背負っている。

父親を見つけた嬉しさからか、一生懸命に駆けてくる姿がなんとも微笑ましい。

「パパー」

「翔太、今日はおウチに帰るぞ」

体当たりしてきた翔太を、城戸崎がその場にしゃがんで受け止める。

息子を優しく抱きしめる彼は、愛情溢《あふ》れる優しい父親そのものだ。

一緒に暮らしているというのに、しばらくぶりに会ったかのような喜びように、父子の仲のよさが伝わってくる。

「お兄さんもいっしょなのー？」

息せき切って走ってきた翔太が、大きな瞳で優貴を見上げてくる。

「ああ、そうだ。明日からはお迎えもお兄さんがしてくれるんだぞ」

「やったー」

弾《はじ》けんばかりの笑顔で声を張り上げた翔太が、城戸崎からパッと離れて優貴にしがみついてきた。

これまでは、城戸崎が仕事の途中で幼稚園まで迎えにきて、その足で実家に行って両親に翔太を預けていたという。

翔太の祖父母には、さぞかし可愛がられたことだろう。

聞かずとも容易く想像ができるからこそ、自分と一緒にいられることをこんなにも喜んでくれるのが嬉しい。

「わーい、わーい、いっしょにお絵かきいっぱいできるんだねー」

「たくさん描こうね」

喜ぶ翔太を見ると自然に頬が緩んでくる。

はしゃいでいる翔太を見ている城戸崎は、安堵にも似た笑みを浮かべていた。

これだけ息子が懐いていれば、安心して任せられる。

彼がそう思ってくれているなら有り難いことだ。

おもいきり漫画を描く機会を与えてくれた彼には、感謝の気持ちしかない。

精一杯、自分に課せられた役目を果たさなければと、優貴は改めて心に誓う。

「早くかえろー」

帰りたくてしかたない翔太が、優貴の手を握って急《せ》かしてきた。

小さな彼を真ん中にして、三人で手を繋《つな》いでマンションに向かう。

子供と手を繋いで歩くなんて初めてのことだ。

明日からこうして翔太と手を繋いで幼稚園から帰るのかと思うと、なんとも不思議な気分だった。

「一度で道は覚えられたか?」

「覚えるもなにもほぼ一本道じゃないですか」

真顔で訊いてきた城戸崎を、優貴は呆れ気味に見返す。

幼稚園までの道のりは、たぶん幼い翔太でも覚えていると思われる。

それほど、単純なのだ。

明日からのことが心配で確認してきただけで、馬鹿にしたわけではないと表情からわかるけれど、さすがにあえて訊くことかと思ってしまう。

「まあ、そうだな」

いまさらながらに気づいたのか、城戸崎が苦笑いを浮かべて肩をすくめた。

いつも自信に溢れていて、冷静そうに見えるけれど、かなりに心配性なのだろうか。

（親が子供のことを心配するのはしょうがないか……）

城戸崎にとって翔太はかけがえのない存在であるのは、傍《はた》から見ているだけで容易にわかる。

先ほどの質問も翔太を思ってのことなのだから、いちいち深く考えることはないのだ。

「外を歩いてるときは、絶対に翔太の手を離さないよう気をつけてくれ」

「はい」

真剣な表情を浮かべる城戸崎に、優貴はしっかりとうなずき返した。

幼稚園に迎えに行って、一緒にマンションに戻るだけが仕事ではない。

翔太というひとつの命を預けられたのだ。

その重大性を改めて心に深く刻み込む。

「とーちゃくー」

自宅マンションが見えてくると、翔太がにわかに足を速めた。

いまにも繋いでいる手を振りほどきそうな勢いだ。

小さいからと侮ってはいけない。

城戸崎に注意されたばかりでしっかり手を繋いでいたからよかったものの、意識せずにいたら振りほどかれていたところだった。

「そうか、合鍵《あいかぎ》を渡してなかったな」

「そういえば……」

「あとで渡すから、俺が忘れているようだったら言ってくれ」

「はい」

オートロックの正面玄関を抜け、エレベーターで最上階に向かう。

「早く開けてー」

翔太がドアの前で地団駄《じだんだ》を踏む。

「はい、どうぞ」

笑いながら解錠した城戸崎が、翔太のためにドアを開けてやる。

「ただいまー」

小さな運動靴を蹴散《けち》らして廊下に上がるなり、通園バッグと帽子を放り出して一目散《いちもくさん》に奥へと走って行く。

「いつもこうなんですか？」

呆れるほど元気な様子に、思わず城戸崎に訊ねた。

「いや、よほど君といられるのが嬉しいんじゃないかな」

父親である彼にとっても、いまのは珍しい光景だったようだ。

「さあ、入って」

先を譲ってくれた彼が、通園バッグと帽子を拾い上げる。

「お兄さん、お絵かきしよー」

廊下の突き当たりにあるリビングルームから、翔太の大きな声が聞こえてきた。

城戸崎と顔を見合わせて笑った優貴は、急ぎ足で翔太が待つリビングルームへと向かう。

「早く、早くー」

優貴を目にした翔太が、待ちかねたように手招きしてくる。

三十畳以上はあろうかという、ふかふかの絨毯《じゅうたん》が敷かれたリビングルームには、巨大な半円を描くソファァと半月型のテーブル、そして、大型テレビが壁に設置されている。

玄関や廊下の壁もそうだが、リビングルームの壁にもシンプルなフレームに入れられた絵画が飾ってあった。

テーブル脇には洒落た木箱が置いてあり、絨毯にぺたんと座った翔太が中に両手を入れてなにやらガサゴソとやり出す。

「翔太、今日はパパが休みの日だから、パパと一緒に遊ばないか？」

「えーっ」

手にしている通園バッグと帽子をソファに下ろした城戸崎を、翔太が不満げに頰を膨らませて見上げた。

城戸崎と交わした今回の契約では、ギャラリーの定休日である月曜日を休みにすることとしていて、就労開始は明日の日付になっているのだ。

確かに契約ではそうなっているけれど、あまり堅苦しく考えたくはなかった。

「僕ならかまいませんよ」

「しかし……」

「明日から始まる仕事に向けて、翔太君ともっと仲よくなっておきたいですし」

「すまない」

彼は申し訳なさそうな顔をしていたけれど、優貴は気にせず翔太に歩み寄る。

「いっしょにお絵かきできるのー？」

「たくさんお絵かきしようね」

顔を綻《ほころ》ばせている翔太の脇に跪《ひざまず》き、お絵かきの準備を手伝おうとしたのだが、城戸崎から待ったがかかった。

「お絵かきは手を洗ってうがいをして、着替えをすませてからだ」

「はーい」

元気な声をあげた翔太がその場に立ち上がる。

駄々を捏《こ》ねるかと思っていたので意外だったが、素直なところがより可愛く感じられた。

「翔太君、一緒に手を洗おうっか」

「うん」

嬉しそうに笑った翔太の手を取り、二人で洗面所に向かう。

幼稚園から戻ったら、まず手洗いとうがいをさせるようにと言われている。

洗面所の場所は教えてもらっているけれど、どこになにがあるかまでは把握していないから覚えるのにちょうどいい。

当然のごとく、洗面所も広々としている。

洗面台は入り口の正面にあり、右手に洗濯機置き場、左に浴室があった。

大きめの洗面台が二つ並んでいて、片方の手前には踏み台が置かれている。

まだ小さな翔太のために用意してあるのだろう。

「今日はなにをかこうっかなぁ～」

ぴょんと自ら踏み台に乗ってハンドソープを掌《てのひら》に出した翔太が、ご機嫌な様子で手を洗い始める。

「お絵かきが大好きなんだね？」

「だーい好き」

並んで手を洗い始めた優貴が訊ねると、彼は間髪を入れずに返事をした。

「僕も大好きだよ」

「たのしいよねー」

鏡越しに顔を見合わせて笑う。

この歳《とし》になって幼稚園児とお絵かきをすることになるなんて、まったく想像もできなかったことだが、楽しい時間を過ごして給料までもらえるのだから幸せだ。

「ペーっ」

翔太は水色の可愛らしいカップを使ってうがいをしている。

普段はうがいなどしない優貴も、せっかくだからと両手に受けた水を口に含んでうがいをした。

「おわりー」

タオルで口と手を拭《ぬぐ》った翔太が、ぴょんと踏み台から飛び降りる。

「さあ、お絵かき始めるよー」

「いえーい」

先に洗面所を出た翔太が、廊下を走っていく。

車や人が行き交う外とは異なり、室内なら無理に手を繋ぐ必要もないだろうと思い、楽しそうな翔太の後ろ姿を見つつあとを追う。

リビングルームに戻ると、テーブルの上にスケッチブックとクレヨンが綺麗《きれい》に並べられていた。

洗面所に行っているあいだに、城戸崎が揃《そろ》えてくれたようだ。

「凄ーい」

初めて見るクレヨンの箱に目を奪われた優貴は、思わず声をあげてしまった。

いったい何色あるのだろうか。

「へぇー、百五十二色もあるんだぁ……」

箱に書かれた数字を見て、あんぐりと口を開ける。

色数が豊富な色鉛筆があることは知っていたが、クレヨンにもこれほど膨大な色があったなんて驚き以外のなにものでもない。

「これねー、パパがおたんじょう日にかってくれたのー」

両手でクレヨンの箱に添えた翔太が、得意げな顔を向けてくる。

彼にとって自慢の一品なのだろう。

これだけの色が使えたら、さぞかしお絵かきも楽しくなるに違いない。

「ボク、お山をかくから、お兄さん、ここにヒコーキかいてー」

「オッケー」

テーブルに広げたスケッチブックに、翔太が嬉々《きき》として山を描き始める。

優貴もさっそく飛行機を描くための色選びを始めた。

色数が多すぎて迷ってしまう。

「翔太、おやつだよ。千堂君もどうぞ」

城戸崎の声に、真剣にクレヨンを眺めていた優貴はハッと我に返って顔を上げる。

「あ……ありがとうございます」

「ここに置いておくから」

仄《ほの》かに湯気の立つマグカップを二つと、菓子の盛られた籠《かご》、さらにはウエットティッシュの箱をテーブルに下ろすと、彼はすぐにその場を離れていった。

翔太がお絵かきをしている様子を見ないのだろうか。

まだ他にやることがあるのだろうか。

なにか手伝ったほうがいいのだろうか。

「あっ、マカロンだー！　これね、すっごくおいしいんだよ」

迷い顔であれこれ考えている優貴に、翔太が籠から取り上げた真っ白なマカロンを差し出してきた。

用があれば城戸崎も声をかけてくるだろう。

いまは翔太を楽しませてあげることに専念すべきだと思い直す。

「翔太君の好きなマカロンなんでしょ？　もらっちゃっていいの？」

「うん、おいしいから食べてみてー」

満面の笑みを浮かべた彼が、マカロンを優貴の手に押しつけてきた。

まだ五歳だというのに、好物を他人に譲る優しさがある。

なんていい子なのだろう。

「ありがとう」

遠慮なく受け取ると、彼はチョコレート色のマカロンを手にした。

「いっただきまーす」

「いただきます」

顔を見合わせながら、マカロンを頬張《ほおば》る。

「わぁ、美味《おい》しい」

濃厚なバニラクリームの香りと感動的な滑《なめ》らかさに、思わず声が出てしまった。

城戸崎が翔太のために買い求めた洋菓子だから、きっと高級店のものなのだろう。

菓子を買う余裕すらなかったから、口いっぱいに広がる甘みすら懐かしく感じられた。

「あー、おいしかった」

マカロンを食べ終えた翔太が、引っ張り出したウエットティッシュで指先を拭い、再び絵を描き始める。

マカロンはまだ籠に幾つも残っているし、飲み物には手をつけていない。

小さな子供ならおやつを優先しそうなものだが、翔太は違うようだった。

（これ、なんだろう？）

お絵かきに夢中の翔太を見つつ、優貴はマグカップを手に取る。

（ホットミルクか……）

マグカップに満たされた液体の色と香りから、温めた牛乳だとわかった。

牛乳を飲むのも久しぶりだ。

優貴は節約を心がけるというよりは、節約を強《し》いられる生活をしてきた。

朝はトースト一枚、昼はコンビニエンスストアの弁当や惣菜《そうざい》パンなどですませ、夜はできるかぎり自炊した。

余計な食材はいっさい買わないで我慢してきた。

自分の作品を一冊のコミックスとして世に出したい。

それには漫画を描き続けるしかない。

だから、漫画が描ける環境を維持するためであれば、節約など少しも苦痛に感じなかったのだ。

ただ、こうして美味《うま》い洋菓子を口にしてみると、いかに自分の食生活が貧しかったかを思い知らされる。

（でも、これからは……）

新しい仕事を得たことで、これからは金銭的な余裕ができるのだ。

正式には明日が仕事初日となるのだが、かつてないほど意欲を感じていた。

「あれ？　翔太君？」

ふと気がつくと、翔太がテーブルに突っ伏して寝息を立てている。

はしゃぎすぎて疲れてしまったのか、もしくは昼寝の時間なのか。

どちらにしろ、このまま寝かせておくわけにもいかない。

「城戸崎さんは……」

そういえば、彼はどこに行ってしまったのだろう。

翔太を起こさないようそっと立ち上がり、忍び足でリビングルームをあとにする。

ダイニングキッチンを覗いても、彼の姿はなかった。

「あっ？」

洗面所のほうから物音が聞こえ、そちらに足を向ける。

中を覗いて見ると、彼は洗濯機の前にいた。

足下《あしもと》には大きな籠が二つ置かれていて、洗濯物の仕分けをしている最中らしい。

城戸崎と翔太の二人暮らしということだから、すべての家事を彼がこなしているのだろうか。

彼ほどの財力があれば、家政婦などに任せてしまいそうなものだが、なにかこだわりがあるのかもしれない。

（ああ、そうか……）

今日は彼も休日だからまとめて洗濯をしているとも考えられる。

「あのう、なにかお手伝いしましょうか？」

優貴が少しでも手助けをしたい思いから声をかけると、城戸崎が驚いたようにさっと振り返ってきた。

「契約にないことはしなくていいんだ」

「そうですか……」

素っ気ない答えに、胸の内でため息をもらす。

経営者の考え方としては正しいのだろう。

場合によっては、あとで余計な仕事をさせられたとクレームをつけられないとも言い切れないご時世だから。

とはいえ、こちらから申し出たのだから、もう少し柔軟に対応してくれてもいいのにと思わなくもなかった。

「翔太はどうしたんだ？」

「あっ、お絵かきの途中で寝てしまったんですけど、いまごろってお昼寝の時間とかなんですか？」

訝しげな顔をして城戸崎に説明しつつ、リビングルームを振り返る。

「いつもはもう少し起きているんだが、今日はちょっと興奮気味だったから、疲れてしまったんだろうな」

「じゃあ、明日も眠そうにしてたら寝かせてしまっていいんですね？」

念のため確認をしたのは、想定外の出来事に対しても、明日からは自分ひとりで対応しなければならないからだ。

「いつも、コトンと寝落ちするから、肌掛けを掛けてやってそのまま寝かせているんだ」

「でも、テーブルに突っ伏して寝ちゃってるんですけど」

そのままにしておくのもどうかと思っていたのだが、彼は意外にも小さく笑った。

「それなら絨毯の上に寝かせればいい。いまの陽気なら風邪《かぜ》も引かないから」

「わかりました。起こしたら可哀相ですよね」

父親がそう言うのだから、従うしかない。

ここ最近は気温が上がってきていて、上着も必要ないくらい暖かだ。

リビングルームに敷かれた絨毯は、かなり毛足が長い。

上掛けがあればその上で寝ていたとしても、確かに風邪は引きそうになかった。

「あとは俺が見るから、君は部屋に戻っていいぞ」

「でも……」

今日は仕事をしなくていい日なのだ。

ただ、城戸崎が家事をしている最中だと思うと、翔太のそばにいてやったほうがいいのではと思えてしまう。

「どうせ翔太は夕方まで目を覚まさないし、部屋の片付けだってまだ終わってないんだろう？」

「はい、じゃあお言葉に甘えさせていただきます」

柔らかな笑みを向けられ、素直に聞き入れることにした。

これまで翔太と二人で暮らしてきた彼が問題ないと考えているのだし、押しつけがましいことはしないほうがよさそうだ。

「甘えたのは俺のほうだよ」

「えっ？」

「本当なら君が仕事をするのは明日からだからな」

これまでになく城戸崎の口調が柔らかなことに驚く。

申し訳ないという気持ちがすんなりと伝わってきた。

彼はただ厳しいだけではないのだ。

「べつにそんなこと……さっきまで一緒にいて思ったんですけど、翔太君と仲よくやれそうです」

「それはなによりだ」

「じゃ、部屋に戻ります」

笑顔でうなずいた彼を残し、優貴は自室へと向かう。

城戸崎と打ち解けるのは難しそうだから、とにかく与えられた仕事に専念しようと考えていた。

けれど、少しずつ彼の人柄がわかってきたことで、思っていたよりもここでの生活を楽しめそうな気がする。

「さーてと……」

照明を灯《とも》した部屋に入ってドアを閉め、唯一《ゆいいつ》持参してきた大きな家具といえる作業机の前に立つ。

デスクトップのパソコン、大きめのモニター、漫画を描くためのペンタブレットなどを、これまで同じように配置していく。

大学在学中に揃えた機器だから、スペックに物足りなさを感じ始めている。

ただ、カツカツの生活では買い替えることなどできるわけもなく、欺《だま》し欺し使っているのが現状だ。

とはいえ、これらは仕事に欠かせない道具であり、優貴にとってなによりもたいせつなものだった。

「そうか、電気代も払わなくていいんだ……」

確認のため電源を入れたところでふと気づき、ひとり頬を緩める。

「光熱費がいらないってすごくない？」

家賃のことしか考えていなかったから、いまさらながらに住み込みの仕事の有り難さを実感し始めた。

食費にかぎらず、電気、水道、ガスなど、すべてのものを節約してきたけれど、どれほど頑張っても基本料金がある光熱費はゼロにならない。

これからは、光熱費のことも考えなくてすむのだから、こんなにも嬉しいことはない。

「ほしかった資料とか買っちゃおうかなぁ……」

ここにきて一気に物欲が高まってきた。

欲しいものが次々に浮かんでくる。

ずっと我慢してきたのだからしかたない。

「しばらくしたら液タブに買い替えられそう……」

念願の最新機器を手にすることも可能になってきた。

どんどん夢が膨らんでいく。

よい機器を揃えたからといって、漫画が上手くなったり面白くなったりするわけではないけれど、意気込みは違ってくる。

「それにしても広いなぁ……」

改めて部屋を見回すと、なんだか落ち着かない気分になってきた。

倍の広さがあるわけではないけれど、ロフトのせいで少し圧迫感があった前の部屋とは異なり、空間が思った以上に大きく感じられるのだ。

「ふぁぁー」

なにをするでもなく部屋を眺めていたら、自然と欠伸《あくび》がもれた。

「こんな時間に眠くなるなんて……」

急な引っ越しだったから、荷造りするにも余裕がなく、昨夜はほとんど寝ていない。

仕事での徹夜には慣れていても、バタバタと片付けに追われたせいで疲れてしまったのだろう。

「こんな大きなベッドで寝るの初めて」

壁際に置かれたベッドを見つめる。

城戸崎から部屋にはベッドも布団もあると言われていたので、ロフトで使っていた布団一式は処分してきた。

自宅では一般的なシングルベッド、上京してからロフトに布団を敷いて寝ていた優貴には、ダブルサイズのベッドがとんでもなく大きく見えている。

「広すぎて逆に寝られなかったり……」

慣れるまでに時間がかかるかもしれないと思いながらも、ベッドに上がって寝転んでいた。

第四章

「うわっ……」

ふと目が覚めた優貴は、異変を感じて飛び起きた。

「えっ？　ここどこ……」

目を擦《こす》りながらあたりを見回す。

殺風景だけれど、清潔感のある部屋。

余裕たっぷりの贅沢なベッド。

いつもはすぐそこに見える天井が、はるか上にある。

「あっ……」

机に置かれた見慣れた機器を目にして、ようやく自分がどこにいるのかを思い出した。

「ああ、そうか……って何時？」

デニムパンツの尻ポケットを探り、スマートフォンを取り出す。

「嘘っ……」

表示された時間を見て愕然《がくぜん》とする。

とうに昼を過ぎているのだ。

「昨日は……」

必死に昨日のことを思い出す。

城戸崎から部屋に戻っていいと言われたのは、五時になるかならないかくらいのころだった気がする。

部屋をちょっと片付け、ベッドに横になってから、一度も目を覚ますことなく寝続けてしまったのだ。

平日は朝の八時半に翔太を連れてマンションを出ると言っていたから、彼らはとうに出かけてしまっているはずだ。

「声くらいかけてくれてもいいのに、信じられない……」

どうして彼は黙って出かけてしまったのだろう。

確かに、翔太を迎えに行く時間までは自由に過ごしていいということになっているが、今日はまさに仕事の初日なのだ。

城戸崎を責められる立場にないとわかっていても、どうして起こしてくれなかったのだと愚痴《ぐち》りたくなった。

「はーぁ……」

着替えずに寝てしまった優貴は、シャワーを浴びるためのそのそとベッドを下りる。

初日から、やらかした感が満載だ。

爆睡した自分が情けないやら、恥ずかしいやらでテンションが上がらない。

「でも、急な引っ越しで疲れてるかもって思って、城戸崎さんは気を遣ってくれたのかもしれないし……」

熱いシャワーを浴びながら、そんなことを考える。

どちらにしろ、昼に起きても仕事上のミスとはならないのだから、あれこれ考えてもしかたない。

「なんかお腹《なか》、空《す》いた……」

思い起こせば、翔太と一緒に食べたマカロンを最後に、なにも口にしていなかった。

シャワーを浴びて頭をすっきりさせた優貴は、着替えをすませてダイニングキッチンに向かう。

四人掛けのテーブルが置かれた、整然としたダイニングキッチンは、当然のごとく静まり返っている。

「自由に使っていいって言ってたけど……」

優貴はまず冷蔵庫に向かう。

自分で食事を作るなら冷蔵庫にある食材を使ってかまわないと、城戸崎から言われているのだ。

「ん？」

巨大なステンレスの冷蔵庫の扉に、メモ用紙がマグネットで留められている。

「迎えの時間は絶対に厳守。合鍵はテーブルの上、翔太のおやつは冷蔵庫の中。おにぎりと味噌汁《みそしる》が余ったから……」

走り書きながらも達筆のメモを読んだ優貴は、ぐるりとあたりを見回す。

綺麗に片付けられた調理台の上に、ラップがかけられた皿、空の椀と箸《はし》が置いてある。

「このおにぎりって……」

皿を取り上げ、しみじみと眺めた。

メモには「余ったから」と記されていたけれど、二人分のおにぎりを作っているのに、二つ余るとはとても思えない。

どう見ても優貴のために作ってくれたように感じられる。

調理台横のレンジには、小振りの鍋が置いてあった。

「お味噌汁も……」

鍋にはちょうどひとり分くらいの味噌汁が残っている。

「城戸崎さんってけっこういい人なんだなぁ……」

食事にまで気を遣ってくれる彼の優しさが、胸に染み渡っていく。

優しさや笑顔を見せるのは翔太に対してだけなのだろうと思っていたけれど、どうやらそうではないらしい。

「有り難くいただきます」

両手を合わせた優貴は味噌汁を温め直すため火をつけ、おにぎりが載った皿と箸をテーブルに運ぶ。

「もうそろそろかな……」

鍋が沸々《ふつふつ》とし始めたところで火を消し、味噌汁を満たした椀を持ってテーブルに戻る。

「中身はなんだろう？」

そそくさとラップを外し、さっそく手に取ったおにぎりにかぶりつく。

「あっ、タラコだ！」

好物の具材だとわかり、思わず声を弾ませた。

おにぎりを堪能《たんのう》したあとは味噌汁だ。

「野菜たっぷりで美味しい……」

大根とニンジンの千切りがたっぷり入っていて、出汁《だし》の味がしっかりと出ている。

翔太の面倒をみながら、きちんと朝食を作っていることに感心してしまう。

トースト一枚で朝食をすませていたのが、恥ずかしく思えるくらいだ。

「こっちはツナマヨかぁ……」

二つめもまた好物の具材だった。

たかがおにぎり、されどおにぎり。

自分でも握ったことがあるけれど、こんなふうにふんわりと握ることはできなかった。形を整えようとなんども握っているうちに、どうしても硬くなってしまうのだ。

食感に加え塩加減も抜群で、あっという間に二つめを食べ終えてしまった。

「美味しかったぁ……お腹いっぱい」

味噌汁を飲み干し、満足げにひと息つく。

「翔太君、幸せだな……さーてと……」

食器を持って立ち上がり、流しへと運んでいく。

城戸崎たちが使ったであろう食器がどこにも見当たらない。

朝の忙《せわ》しない時間に、洗うだけならまだしも、片付けて行くとは思えない。

これだけ立派なシステムキッチンなら食洗機がありそうだ。

「ここか……」

思った通り調理台の下に食洗機があり、二人分の食器が入っていた。

とはいえ、皿と椀だけのために食洗機を使わせてもらうのは忍びない。

洗剤とスポンジが見当たらないので、使った食器を水で丁寧に洗い、キッチンペーパーで拭いた。

「ついでだから、一緒にしまっちゃおうかな……」

重厚感たっぷりの食器棚の扉を開け、拭いた食器と、食洗機から取り出した食器を片付けていく。

「これでよしと……」

後片付けが終わった優貴は、翔太を迎えに行く時間まで仕事をしようと考え、ダイニングキッチンをあとにする。

存分に仕事ができる環境を与えてもらったのだから、時間を無駄にしたくない。

あろうことか、二十時間近く寝てしまったのだから、なおさらのんびりなどしていられなかった。

「あれ？」

廊下に出てなんとなくリビングルームに目を向けると、ソファに洗濯物が山積みになっていた。

洗濯物をそのままにしておくなど、城戸崎らしくない。

「畳む時間がなかったのかな？」

後回しにせざるを得なかったのかもしれないと思いつつ、リビングルームに入っていく。

洗濯物はかなりの量だ。

休みの日を使って、まとめて洗濯しているのだろう。

「余計なことすると怒られそうだけど、このままだと皺《しわ》になっちゃうし……」

目にしてしまった以上、見過ごすことはできない。

優貴はソファの前に正座をし、まずは城戸崎の衣類から畳み始める。

父と子の衣類がまぜこぜになっているが、圧倒的に翔太のものが多い。

早々と城戸崎の衣類を畳み終えた優貴は、翔太の肌着に手を伸ばす。

「えーっ、こんなちっちゃいんだー」

翔太が着ているときには感じなかったけれど、Tシャツ、パンツ、靴下などを実際に手に取ってみると、唖然《あぜん》とするほど小さかった。

「ふふっ……」

畳むと余計に小ささが際立ち、あまりの可愛らしさに自然と頬が緩んでくる。

「城戸崎さんも子供のころはこれくらいのを……」

手にした翔太のパンツをしみじみと見つめた。

誰しも成長の過程を経て大人になる。

立派な成人男性の城戸崎にも、五歳のころはあったのだ。

「無理無理、想像できない」

子供のころの城戸崎が、まったく思い描けない。

せっせと翔太の衣類を畳みながらも、必死に城戸崎の幼少を想像した。

けれど、洗濯物のすべてを畳み終えても、イメージは浮かんでこないでいる。

「そうだ！」

優貴はいそいそと自室に向かい、クロッキーブックと鉛筆を手にリビングルームに戻った。

「フンフン……」

ソファに座ってクロッキーブックの真新しいページを開き、さらさらと鉛筆を滑らせていく。

「いまはこんな感じでしょう」

現在の城戸崎を描き上げ、満足げにうなずく。

似顔絵が得意なわけではないが、特徴を捉えてキャラクター化するくらいはお手の物だ。

「で、十代の時は……」

現在の城戸崎の絵を元に、少年の姿へとデフォルメしていく。

等身、顔の作り、髪型など、少しずつ変えていき、城戸崎の少年像を完成させる。

「でもって、五歳くらいだとこんなかなぁ……」

少年像をさらにデフォルメしていった。

頭をかなり大きめにし、手足を短くする。

極端すぎるくらいのほうが、可愛らしくなるのだ。

「うーん、いい線いってるけど、ちょっと可愛すぎ」

完成したものの、少しばかり気に入らない。

もう一度、描き直す。

「もうちょっと生意気な感じのほうが……」

現在の城戸崎を思い浮かべ、目の大きさや、鼻、口の形を変えてみる。

翔太はどこからどう見ても可愛いとしかいいようがないが、城戸崎はちょっと違うような気がしたのだ。

「そうそう、これこれ」

ちょっと小生意気な幼少の城戸崎が完成した。

「なんかいそうだよなぁ、こういう子……あっ！」

尻ポケットに入れていたスマートフォンのアラームが鳴り響き、優貴はソファからパッと立ち上がる。

「早いなぁ……もうお迎えの時間だ」

絵を描いていると、あっという間に時間が過ぎてしまう。

仕事をするつもりでいたけれど、つい遊んでしまった。

けれど、納得がいく絵が描けたから満足している。

鉛筆を挟んで閉じたクロッキーブックを手に自室に戻り、ショルダーバッグを持って玄関に向かっていた。

＊＊＊＊＊

警備員と挨拶を交わしてゲートを通った優貴は、園庭にあふれる園児たちに目を凝らす。男児も女児も薄紫色の制服を着て、黄色い帽子を被っているから、探すのが大変だ。

「翔太くーん！」

誰かを探すようにキョロキョロしている翔太を見つけ、呼びかけながら駆け寄っていく。

「わーい、ホントにお兄さんが来たー」

声に気づいた翔太がパッと顔を綻ばせ、手を振りながら走ってきた。

優貴が迎えに来たことを喜んでいる。

翔太の笑顔を見ただけで、嬉しさに胸が弾む。

「さあ、おウチに帰ろう」

手を繋いで門に向かって歩き始めると、翔太が大きな瞳で見上げてきた。

「このままいっしょにおウチにかえるの？」

「そうだよ」

「わーい」

繋ぎ合った手を大きく前後に振り、翔太が喜びを露《あら》わにする。

祖父母の家に行きたいと言い出す可能性がゼロではなかったから、優貴はホッと胸を撫で下ろした。

「バイバーイ」

保護者と一緒に幼稚園をあとにする園児たちと、翔太が手を振り合う。

あちらこちらで、園児の元気な声が飛び交っている。

保護者のほとんどが母親と思われる女性だから、優貴は少しばかり気が引けた。

ひとりで迎えに来るのは今日が初めてであり、そのうちに慣れるだろうと思い直す。

「おともだちがたくさんいるんだね？」

「そうだよ、みーんなおともだち」

見上げてくる翔太は、瞳をキラキラと輝かせている。

城戸崎は人見知りをする子なのだと言っていたけれど、翔太を見ていると疑問に感じてしまう。

（大人に対してだけなのかな？）

元気で屈託がなく、幼稚園に友だちがたくさんいる翔太を見ていたら、ふとそんなことを思った。

「幼稚園は楽しい？」

「すっごくたのしいよー」

翔太としっかりと手を繋ぎ、柔らかな陽射《ひざ》しが降り注ぐ広い歩道をのんびりと歩く。

人通りもさほど多くなく、通園の道としては最適だ。

「あっ！　大《お》っきいワンちゃんだー」

いきなり翔太がグイッと手を引っ張り、優貴は慌てて強く握る。

前方に大きなゴールデンレトリバーを連れた若い女性がいた。

「ワンちゃん、ワンちゃん」

翔太がグイグイと手を引いて先を行く。

どうやらゴールデンレトリバーに興味があるようだ。

「こんにちは」

翔太の様子を見て察してくれたのか、女性のほうから声を掛けてくれた。

「こんにちは」

「大っきいねー」

優貴はにこやかに挨拶をしたけれど、翔太は犬に夢中らしい。

「ワンちゃんが好きなの？」

「さわってもだいじょうぶー？」

大きくうなずいた翔太は、犬に触れたくてうずうずしているようだ。

それでも、いきなり手を出さないところを見ると、城戸崎から勝手に触ってはいけないと教えられているのだろう。

「うーん、どうかしら？　ちょっと待ってね」

微笑んだ女性が、太いリードに繋がれたゴールデンレトリバーと顔を見合わせる。

彼女の脇でお座りしている犬は、緩やかに長い尻尾《しっぽ》を動かしながら、真っ直ぐに飼い主を見上げていた。

「いいわよ。ボクのこと好きですって」

「わーい」

許可を得た翔太が犬に近づき、小さな手でなんども広い背を撫でる。

本当に嬉しそうな顔をしていた。

撫でられている犬もどこか嬉しげだ。

「どこでわかるんですか？」

「表情とか尻尾の動きとかで警戒しているかどうかわかるのよ」

興味本位で訊ねた優貴に、女性は小さく笑って肩をすくめてみせた。

「へえ、凄いですね」

飼い主だからこそわかるのだろう。

なるほどと感心するばかりだ。

「ワンちゃんのお名前はー？」

「メアリーよ」

「メアリー、いい子だねー」

しゃがみ込んだ翔太に頭を撫でられ、メアリーが派手に尻尾を振る。

確かに警戒心の欠片《かけら》も見受けられない。

ゴールデンレトリバーはおとなしい犬種として知られているが、翔太より大きいだけに少なからず不安があった。

このぶんなら、それもいらぬ心配に終わりそうだ。

「あのう、写真を撮ってもいいですか？」

「どうぞ」

女性の許可を得た優貴はスマートフォンで、メアリーと戯《たわむ》れる翔太を撮影していく。

（可愛い……）

とても微笑ましい光景に、自然と笑みが浮かぶ。

いつか漫画に登場させたいなと、そんなことを思いつつスマートフォンをしまう。

「いつもこの時間に散歩されてるんですか？」

「そうね、いまの季節はだいたいこのくらいの時間かしら」

「翔太君、また明日も会えるかもしれないよ」

メアリーに夢中の翔太に声をかけ、片手を差し出す。

それがなにを意味するのか理解した彼が、すぐさま立ち上がって手を繋いできた。

「ホントー？　うれしー」

「坊や、またね」

女性は終始、にこやかだ。

身なりだけでなく、品もいい。

左手の薬指に指輪をしているから、セレブな奥さまといったところか。

「散歩の途中で引き留めてしまってすみませんでした」

「いいのよ」

軽く会釈した女性が、メアリーを促し散歩を再開する。

「メアリー、バイバーイ」

名残《なごり》惜しそうにメアリーを見つめる翔太の手を引き、自宅マンションを目指して再び二人で歩き出す。

「すごく大きな犬なのに怖くないんだね？」

「ジイジとバアバのおウチにも、大っきなワンちゃんがいるのー」

「ああ、そうなんだ」

ただの犬好きなだけでなく、大型犬に慣れているとわかって納得した。

「ワンちゃん大好きだからかいたいんだけど、パパがダメだって言うのー」

「マンションだからしかたないよ」

翔太は不満そうに頬を膨らませていたが、優貴としてはそう答えるしかない。

実家で大型犬を飼っているくらいだから、城戸崎が犬嫌いということはなさそうだ。

とはいえ、仮にマンションで飼育が許可されていたとしても、城戸崎は仕事で家を留守にするのだから、動物を飼うのは大変そうだ。

ただでさえひとりで子育てをしているのだから、しばらくは動物を飼うどころではないだろう。

「でも、明日もメアリーに会えるんでしょー？」

「そうだね、これからは毎日、会えるかもしれないね」

「わーい、わーい」

翔太が握り合った手を大きく振りながら、スキップを始める。

幼稚園からの帰り道で犬と遭遇しただけなのに、こんなにも喜んでいる彼は本当に無邪気で可愛らしい。

（あれ？　でも……）

ふとした疑問が脳裏を過《よ》ぎる。

この通りがメアリーの散歩コースになっているとしたら、これまでにも遭遇していそうなものだ。

たまたまタイミングが合わなかったのだろうか。

（あっ、そうか……）

翔太は幼稚園が終わったあと、城戸崎の実家に預けられていたから、この通りを歩いて帰ることがなかったのだ。

だとしたら、幼稚園から歩いて帰宅するのはこれまでになかったことで、翔太も楽しいのではないだろうか。

幼稚園からマンションまではたいした距離ではないけれど、歩いて帰ることでいろいろな発見があるかもしれない。

アルバイトをしているとき以外は部屋にこもることが多かった優貴は、翔太と一緒に楽しめたらいいなと思っていた。

＊＊＊＊＊

「手ー洗ってきたよ」

洗面所から戻ってきた翔太が、子供部屋に駆け込んできた。

「じゃあ、お着替えするから制服脱いでねー」

先に部屋に来て着替えを用意していた優貴は、自ら制服を脱いでいく翔太を見守る。

「はい、これね」

制服をぱっぱと脱ぎ捨てて下着姿になった彼に、まずは鮮やかなブルーのゴム入り半ズボンを手渡す。

着替えはもうひとりでできるようになっているのだが、たまに後ろ前に着てしまうことがあるので注意してほしいと城戸崎に言われている。

「よいしょっと……」

足を通したズボンを、小さな手で引っ張り上げる。

前後は間違えていないようだ。

「次はこれだよ」

白地に青い水玉模様のトレーナーを差し出すと、彼はきちんとタグを確認してから袖を通していった。

手伝うまでもなく彼は着替えをすませてしまい、なにもすることがなくてちょっと残念な気分だ。

「早くお絵かきしよー」

急かしてくる翔太を、脱いだ制服をハンガーにかけつつ見つめる。

「おやつはあとでいいの？」

「いまたべるー」

彼が一瞬の迷いもなく答え、思わず笑ってしまう。

「だよね」

制服を片付けた優貴は、翔太と一緒に子供部屋を出る。

「おやつを運んでくるから翔太君はリビングに行っててね」

「はーい」

廊下の途中で別れ、ダイニングキッチンへと足を進めた。

メモに記されていたように、冷蔵庫の扉を開けるとロールケーキを載せた皿が二つ入っていた。

「僕のぶんもあるんだ……」

あまりにも至れり尽くせりだから、これで給料をもらっていいのだろうかと、ちょっと申し訳ない気分になってくる。

「城戸崎さんの気持ちに応えられるように頑張らないと……」

冷蔵庫から取り出した皿をテーブルに運んでラップを外し、マグカップに注いだ牛乳をレンジで温めているあいだに、昨日、城戸崎が使っていたトレーを探す。

「あった。洗剤とスポンジもここにあったのかぁ……」

シンク下の引き出しに収められたトレーを取り出し、一緒に見つけたウエットティッシュと二人分のおやつを載せてリビングルームに向かう。

「お待たせー」

「わーい、ロールケーキだー」

ソファにちんまりと腰かけていた翔太が、ぴょんと飛び降りて絨毯の上で正座した。

「はい、どうぞ」

フォークを添えたケーキの皿とマグカップをテーブルに並べ、優貴は向かい側に座る。

「いっただきまーす」

「いただきます」

顔を見合わせて声を揃え、ロールケーキを食べ始めた。

いろいろなフルーツを混ぜ込んだ生クリームは、甘さと酸味が絶妙なバランスだ。

「お兄さんってどうして絵が上手なのー?」

口をもぐもぐさせていた翔太が、興味津々《しんしん》といった顔つきで見つめてくる。

「翔太君といっしょで絵を描くのが大好きで、たくさん描いてきたからじゃないかなぁ」

「ボクもたくさんかいて上手になりたーい」

「翔太君なら絶対、上手になるよ。いまだって凄ーく上手じゃない」

「ホントー?」

彼が大きな瞳を輝かせた。

優貴はすぐさま力強くうなずき返す。

「ホント」

「へへっ」

嬉しそうに破顔した翔太の口から、スポンジケーキの欠片がズボンにこぼれ落ちる。

「あっ……」

咄嗟《とっさ》に手を伸ばしたけれど、テーブルに阻まれて届かない。

持っていたフォークを皿に戻し、翔太のほうに回り込む。

「こぼれたよ」

落ちたスポンジケーキを摘まみ取り、ウエットティッシュでズボンを軽く拭いた。

「ありがとー」

「どういたしまして」

にこやかに返し、元の場所に戻る。

幼い子の世話をするのは初めてだから、自分にできるかどうか不安だったけれど、不思議なほど自然に身体が動いていた。

「ごちそーさまー」

「じゃあ、これ片付けてお絵かきしようっか」

「するするー」

待望のお絵かきの時間に、翔太が全身で喜びを露わにする。

優貴は空いた食器とウエットティッシュをトレーに載せ、急ぎ足でダイニングキッチンに運んでいく。

「二人分だから使わせてもらおうかな……」

食洗機に食器を入れたものの、余ったスペースの広さに躊躇《ためら》いを感じてしまう。

使った食器の数はたかがしれている。

節約が身についてしまっているから、少量の食器を洗うために使う洗剤のことや、電気代のことが気になってしまうのだ。

「洗っちゃおうっと」

ひとりにしている翔太が気になり、極力、急いで食器を洗う。

キッチンペーパーを調理台に敷き、その上に洗った食器を伏せ、手を拭いてリビングルームに戻った。

「お待た……」

声をかけた優貴が目にしたのは、絨毯の上で横になっている翔太の姿だった。

「まただ……」

小さな身体を丸め、気持ちよさそうに寝ている。

帰宅してからまだいくらも経《た》っていないというのに、もう寝てしまうなんてよほど疲れていたのだろうか。

「歩いて帰ってきたからかなぁ……」

ソファの端に畳んで置いてある肌掛けを取り上げ、翔太にそっとかけてやる。

触れてもまったく反応がない。

歩いて、はしゃいで、メアリーと遊んで、エネルギーを使い果たしたのかもしれない。

「お休み」

静かにそばを離れ、ソファに腰かける。

「城戸崎さんが帰ってくるまで、まだ三時間以上もあるのかぁ……」

壁掛け時計の針は、四時ちょうどを指していた。

いくら手持ち無沙汰《ぶさた》だとはいえ、いまは部屋で仕事をするわけにいかない。

「ネームでもやってようかな」

翔太のそばで作品の構想を練るくらいなら大丈夫だろうと、急いで自室から必要な道具を取ってきた。

「子供のお昼寝って、どれくらいの時間なんだろう？」

耳を澄ますと心地よさそうな寝息が聞こえてくる。

翔太は深い眠りに落ちているようだ。

「可愛いなぁ……」

つい触りたくなるような、ふっくらとした頰。

影を落としそうなほど長い睫《まつげ》。

ふわふわの柔らかな髪。

無垢《むく》な寝顔を、つい見つめてしまう。

「さてと……」

ふと我に返った優貴は、膝に広げたクロッキーブックに、鉛筆で大まかなコマ割りをしていく。

漫画の公募で賞を取り、連載をさせてもらっているけれど、他にも描いてみたいテーマがたくさんある。

それに、仕事先を増やしたい思いもあった。

時間的な余裕がなくて連載のことしか考えられなかった前とは異なり、いまは漫画に集中できる環境があるのだ。

この絶好の機会を逃す手はない。

ソファの上に両足を載せて膝を立てた優貴は、心の赴くままに描いていく。

広々としたリビングルームに、翔太の寝息と、鉛筆を走らせる音が微《かす》かに聞こえるだけだ。

外はすでに帳《とばり》が落ちているけれど、ネームに没頭している優貴はそれにすら気づかないでいた。

「ただいま」

「うわっ……」

急に響いた声に不意を突かれ、思わず身体を硬くする。

「そんなに驚いてどうした？」

「あ、あの……ネームに夢中になってて……」

訝しげに眉根を寄せる城戸崎を、苦笑いを浮かべて見返した。

（あっ……お帰りなさいって……）

真っ先に言うべき言葉が出てこなかったのは、派手に驚いただけでなくひとり暮らしが長かったせいだ。

（いまからでも……）

一緒に暮らしているのだから、「いってらっしゃい」と「お帰りなさい」は必須だろう。

「ネーム？」

寝ている翔太をちらりと見やってから歩み寄ってきた彼が、クロッキーブックを覗き込んできた。

「えーっと……漫画の下書きより前の簡単な作画で……」

「ああ、ラフみたいなものか」

「そうです、そうです」

要領を得ない説明だったのに理解してもらえたようで安堵したけれど、結局「お帰りなさい」を言いそびれてしまい、少し落ち込む。

「ああ、畳んでくれたのか」

「すみません、勝手なことをして……あの……そのままだと皺になると思って……」

洗濯物に気づいた城戸崎がつぶやき、慌てて言い訳した優貴は手元に視線を落とす。

「いや、助かったよ。俺、洗濯物を畳むのが苦手でね」

「そうなんですか？」

彼から思いがけない言葉を投げかけられ、パッと顔を上げた。

まったくの予想外だった。

少しは彼の役に立ったのだと思うと嬉しい。

「畳むのって、面倒じゃないか？」

「それほどでも」

「そうなのかぁ……」

信じられないと言いたげに、城戸崎が大きなため息をもらす。

どんなことでも苦もなくこなしてしまいそうなのに、彼にも苦手なことがあるのだ。

親近感を覚えてしまう。

「そこに置いておいてくれれば、僕が畳んでおきますよ」

「家事は契約に含まれていないから、君にはさせられない」

「べつに嫌々やるわけじゃないし、充分すぎるくらいよくしていただいてますから、気にしないでください」

お礼と言ってはなんだが、身に余るような環境を与えてもらったから、少しでも役に立ちたい思いが強いのだ。

「じゃあ、お願いするかな」

「はい」

優貴は笑顔でうなずいた。

どことなく彼も嬉しそうだ。

よほど洗濯物を畳むのが苦痛だったに違いない。

他にもなにか手伝えることはないだろうか。

経営者という立場にありながら、ひとりで子供を育てるのはさぞかし大変だと思うから、自分にできることであればなんでもしたかった。

「夕飯用に寿司を買ってきたから、一緒に食べないか?」

「でも……」

提げている紙袋を見せてきた城戸崎を、困惑気味に見上げる。

奮発して回転寿司に行ったのは、いったいいつだっただろうか。

寿司は贅沢品以外のなにものでもなく、まず自分で買うことがない。

ご馳走《ちそう》になりたい思いはあるが、さすがに図々《ずうずう》しいような気がしてしまう。

「君が一緒のほうが翔太も喜ぶし、三人前あるんだよ」

「はい、ありがとうございます」

翔太の名前を出されたら断れない。

なにより、せっかくの寿司を無駄にはできなかった。

「翔太、ご飯だぞ」

屈《かが》み込んだ城戸崎が、翔太の小さな肩を揺らす。

かれこれ四時間近く昼寝をしていたことになるが、あとで寝られなくなったりしないのだろうか。

昼寝の適正な時間がどれくらいなのか、確認しておいたほうがよさそうだ。

「パパー、おかえりなさーい」

パッと目を覚ました翔太が、肌掛けを蹴飛ばして起き上がる。

「今夜はお寿司だぞ」

「わーい、やったー」

どうやら、寿司は翔太の好物らしい。

「さあ、行こう」

「はーい」

優貴は鉛筆を挟んで閉じたクロッキーブックをソファに置き、ダイニングキッチンに向かう城戸崎たちを追いかける。

朝はおにぎり二つと味噌汁に、三時にはおやつがあり、そのうえ夜に寿司なんて夢のような食生活だ。

翔太と一緒にいるのは楽しいし、美味しいものは食べられるし、漫画を描く時間もあるのだから幸せすぎる。

「お椀と小皿を出してくれないか」

「はい」

お湯を沸かしている城戸崎に頼まれ、必要な食器をテーブルに揃えていく。

「それ、お椀に入れておいて」

振り返った彼が、テーブルの上に出ている小さな袋を指さした。

(インスタントのお吸い物……)

優貴は意外に思って、彼をちらりと見やる。

朝から手作りのおにぎりと味噌汁を用意するのに、寿司に添える吸い物がインスタントというのが城戸崎らしくないように感じられた。

「おすしあけていいー?」

「いいけど、つまみ食いはダメだぞ」

「へへ」

「シールが貼ってあるのが翔太のだからな」

「はーい」

待ちきれない翔太が、紙袋の中から紙に包まれた寿司折を取り出していく。

三つとも同じ大きさだ。

店名が入った紙袋はもちろんのこと、包装紙もかなり洒落ている。

よくあるテイクアウトの店の寿司ではない。

たぶん、城戸崎の行きつけの寿司屋の寿司折だ。

値段など想像もつかない。

「これ、ボクのだー」

翔太が鼻歌交じりに寿司折の包装紙を破っていく。

なんとも大胆な開け方だが、五歳の子供がすることだからしかたない。

「シールってなんですか?」

「さび抜きなんだ」

「あっ、なるほど……」

吸い物の封を切って椀に入れていた優貴は、そういうことかとうなずく。

自分なら考えも及ばない。

うっかりではすまされないことも多々あるだろうから、ことさら注意が必要だ。

「美味しそう……」

姿を現した寿司を目にしたら、ゴクリと喉が鳴った。

綺麗に並んだにぎり寿司の端に、小さな陶器の醤油《しょうゆ》差しが添えられている。

どう見ても足りないような気がした。

「あっ、お醤油ってどこにありますか？」

「冷蔵庫に入ってる」

「はい」

冷蔵庫から醤油差しを取り出し、テーブルの中央に置く。

「席は決まってるの？」

「パパはそっちで、ボクはここー」

翔太が指をさして教えてくれたので、寿司に食器を添えて並べる。

「お兄さんはここねー」

翔太が自分の隣を小さな手でポンポンと叩いた。

どこに座ったらいいのか迷っていたので、先に言ってもらえて助かった。

「さあ、お湯が沸いたぞ」

電気ポットを手に向き直った城戸崎が、椀に湯を注いでいく。

食事の用意が調い、三人が席に着く。

「いただきます」

「いっただきまーす」

「いただきます」

全員で声を揃え、贅沢な夕飯が始まった。

まずは陶器の醤油差しを取り出し、小皿に注ぐ。

次に箸袋から割り箸を出して二つに割った。

これでようやく寿司にありつける。

「今日はなにかの記念日とかなんですか？」

「いやいや、夕飯は出来合いのものを買ってくることが多いんだ」

寿司を頬張っていた城戸崎が、そうじゃないと笑って否定した。

「どうしても夕飯が八時近くになってしまうから、帰ってきてすぐに食べようと思うと、出来合いのものになってしまうんだよ」

「確かに帰宅してから料理をするのは大変ですね」

寿司を味わいながら、そういうことかと納得する。

夕食の時間が八時頃になってしまうのでは、さすがに翔太が可哀想だ。

「朝は早起きをすればいいだけだからいくらでも作れるけど、夜はそうもいかないからな」

「朝のうちに用意しておいたりもするんですか？」

「ああ、カレーとかシチューとか、そういうのは朝のうちに仕込んでおくようにしてる」

彼はこともなげに話をしているが、ひとりですべてをこなしているのかと思うと頭が下がる。

それもこれも、すべて翔太のためなのだ。

本当に翔太を大切に思っているのが伝わってくる。

「翔太のことを考えたら、さすがに出来合いのものばかりってわけにもいかないからな」

「パパのごはんだーいすき、でもおすしはもっとすきー」

黙々と寿司を食べていた翔太が、急に割って入ってきた。

「それを言うなら逆だろ」

城戸崎が甚《はなは》だ不満といった顔つきで、ちらりと翔太を見やる。

本気で怒っていないのは一目瞭然《いちもくりょうぜん》だ。

翔太を見る眼差《まなざ》しは、どこまでも優しい。

「えー、だっておすしすきなんだもーん」

「お寿司、美味しいよね」

「ねー」

優貴は翔太と顔を見合わせて笑う。

手料理でも、出来合いの料理でも、翔太が美味しく食べてくれることが城戸崎の願いのような気がした。

「まあ、魚と酢飯だから身体に悪いってことはないんだけど、寿司だと野菜が摂れないからなぁ……」

「もし次にお寿司を買ってくるようなことがあったら連絡してください。野菜でなにか作っておきますから」

「料理できるのか？」

城戸崎は意外だと言いたげに目を瞠《みは》る。

漫画を描くこと以外に取り柄がなさそうに見えるのだろうか。

「節約しないとやっていけなかったので、しかたなく自炊するようになったんです」

「なるほど。じゃあ、次からは連絡させてもらうよ」

彼が契約という言葉を口にしなかったのが、ひどく嬉しい。

些細なことであっても、彼らの役に立てるなら、できるかぎりのことがしたい。

「パパー、タマゴとこれこうかんしてー」

「コハダは嫌なのか？」

「だってすっぱいんだもーん」

翔太が唇を尖らせる。

我《わ》が儘《まま》を言うなと叱るかと思いきや、城戸崎はニコニコしながら寿司を交換してやった。

可愛い笑顔を絶やさない翔太。

愛情深く翔太を見つめる城戸崎。

賑やかで温かな食卓に加わっている優貴は、胸が熱くなるのを感じながら寿司を頬張っていた。

第五章

城戸崎《きどさき》のマンションで暮らして五日目の朝。

彼らのためにできるかぎりのことをしたいと強く思うようになった優貴《ゆうき》は、朝食の手伝いをするため早起きをして自室を出た。

「やーだやーだ、パパとするのー」

ダイニングキッチンから翔太《しょうた》の声が聞こえてくる。

なにかごねているようだ。

「もう五歳なんだぞ、歯みがきくらい、ひとりでできるだろう?」

「やなのー」

どうやら、翔太は歯みがきを嫌がっているらしい。

手洗いとうがいは素直にするのに、どうして歯みがきは嫌なのだろう。

「おはようございます」

「おはよう」

ダイニングキッチンに入っていくと、城戸崎がべつに驚いた様子もなく笑顔で挨拶を返してきた。

スーツの上着こそ脱いでいるが、しっかりネクタイを締めていて、すぐにも出かけられる態勢を整えている。

彼に纏《まと》わり付いている翔太も制服を着ていて、準備万端といったところだ。

「翔太君、お兄さんと一緒に歯みがきしようか？」

「するー」

翔太に声をかけると、すかさず駆け寄ってきた。

もしかすると、歯みがきが嫌いなのではなく、ひとりになるのが嫌なのかもしれない。

（でも……）

幼稚園から帰ってくると、自分から洗面所に行って手洗いとうがいをすませるから、ひとりでできないことはなさそうだ。

「歯ブラシ取ってくるからちょっと待ってて」

自室の前で足を止めた優貴は、部屋に入って洗面台に向かう。

すでに歯みがきはすませているが、つき合ったほうがよさそうに思えたのだ。

「これなーに？」

一緒に部屋に入ってきた翔太が、机の上に置かれた機器を不思議そうに眺めている。

「これでお絵かきできるんだよ」

「えー、ホントー？　どうやってするのー？」

「じゃあ、幼稚園から帰ってきたら一緒にこれでお絵かきしようか?」

「するする」

彼は思ったとおりの反応をした。

本当に絵を描くのが好きな彼に、新しい世界を教えてあげたい。

クレヨンでお絵かきをするのも楽しいが、自分がそうだったように彼もデジタルならもっと楽しめるはずだ。

「さあ、パパが待ってるから歯みがきしよう」

「はーい」

歯ブラシを持って翔太と一緒に洗面所に向かう。

彼はあれほど嫌がっていたのに、率先して踏み台に乗って歯みがきを始めた。

歯みがき自体もさほど嫌そうには見えない。

どうしてごねていたのか、さっぱりわからなかった。

「ぺーっ」

口をすすいでタオルで拭いた彼が、ぴょんと踏み台から飛び降りる。

二度目の歯みがきを適当にすませた優貴は、とりあえず歯ブラシをその場に置き、翔太と洗面所をあとにした。

「はみがきしてきたー」

ダイニングキッチンに駆け込んだ翔太が、さっさと自分の席に着く。

「千堂《せんどう》君、今日はずいぶん早起きなんだな？」

「あっ、いえ、なにかお手伝いしようかなって……」

不思議そうな顔をしている彼に、笑って肩をすくめてみせる。

「朝は余裕があるから気を遣わなくて大丈夫だよ」

「そうなんですね」

「それより、三人分、作ったから食べて」

調理台には皿が三枚、並べられていて、すでに料理が盛られていた。

スクランブルエッグとこんがり焼いたベーコンに、生野菜が添えられている。

ダイニングキッチンに顔を出したから、慌てて作ってくれたのだろうか。

気遣いが嬉《うれ》しい。

「すみません、ありがとうございます。それ、運びますね」

「ああ、頼むよ」

優貴が皿を手にしたところで、オーブントースターがチンと鳴った。

パンが焼けたようだ。

テーブルに皿を並べ、脇にフォークを添える。

翔太のフォークだけプラスティック製でサイズが小さい。

空のグラスが置いてあるが、飲み物はこれから出すのだろうか。

「はい、どうぞ」

城戸崎が皿に山盛りのバゲットを運んできた。

バターを塗ってから焼いたのか、なんともいい香りが漂っている。

さらに彼は、冷蔵庫から取り出してきたオレンジジュースを、各々のグラスに注いだ。

「さあ、食べよう」

城戸崎のひと言を合図に「いただきます」を合唱し、朝食が始まる。

「ようちえんからかえったらねー、お兄さんのおへやでお絵かきするんだよー」

しばらく夢中で食べていた翔太が、ふと思い出したように声をあげた。

「千堂君の部屋で？」

城戸崎が小首を傾《かし》げて優貴を見つめてくる。

「僕、漫画はすべてデジタルで描いているんです」

「デジタルってことはパソコンを使って描くってこと？」

「そうです」

「完全なデジタル化なのかぁ……やけに機材が多い理由がわかったよ」

机の上に並べた幾つもの機器を見た彼は、不思議に思っていたようだ。

「べつに漫画用というわけではなくて、イラストとかも簡単に描けるので、翔太君と一緒にお絵かきしようってことになったんです」

「仕事道具を使わせて大丈夫なのか？」

城戸崎は心配そうだ。

小さな子供はなにをするかわからない。

電子機器は些細《ささい》なことでダメージを負ってしまう。

さすがに城戸崎も仕事でパソコンを使っているだろうから、そのあたりを理解していて不安を覚えたのだろう。

「翔太君なら大丈夫ですよ」

優貴は自信たっぷりに答えた。

スケッチブックやクレヨンの扱いを見ていると、翔太が絵を描く道具を大事にしてるのがわかる。

アナログからデジタルに変わったとしても、急に乱暴な扱いになるとは考え難《にく》かった。

「まあ、君がそう言うなら……翔太、よかったな」

納得した城戸崎が翔太に声をかける。

「うん、たのしみー」

翔太はいつになく浮かれている。

未知の世界を楽しみにしてくれているから、教え甲斐《がい》がありそうだ。

「ああ、そろそろ時間か……」

食事を終えた城戸崎が、自分の皿を持って立ち上がる。

「後片付けは僕がしておきます」

「ありがとう、助かるよ」

優貴が声をかけると、彼は素直に礼を言ってくれた。

彼が契約という言葉を口にしなくなったのは、押し問答を好まないからなのかもしれない。執拗《しつよう》に食い下がらずにすむだけでなく、できることをやらせてもらえるのは、優貴としても気分的に楽だった。

皿を流しに運んだ城戸崎が、椅子《いす》の背にかけていた上着を羽織り、片手でネクタイの結び目を確かめる。

(格好いいなぁ……)

感心の面持《おもも》ちで彼を見つめる。

もう習慣になっているのだろうが、あまりにも動きが流麗で魅了されてしまった。

「翔太、行くぞ」

「はーい」

椅子から下りた翔太が、ダイニングキッチンを飛び出していく。

なにごとかと思って彼のあとを追ってみると、彼はリビングルームで通園バッグを背負おうとしていた。

「翔太ー」

城戸崎の声が聞こえたとたん、翔太はソファに置いてある黄色い帽子を残してリビングルームを出て行ってしまう。

「翔太君、帽子、帽子」

優貴は黄色い帽子を手に彼を追いかけた。

「帽子を忘れているよ」

玄関で運動靴を履いていた彼が、こちらにくるりと向き直る。

「はい、忘れないでね」

小さな頭に帽子を被《かぶ》せてやると、彼はペロリと舌を出して笑った。

「ああ、そうだ。食洗機の使い方はわかるか？」

「ええ、実家にもあったのでたぶん……」

「洗剤は食洗機の横の引き出しに入っているから、それを使ってくれ」

「はい、わかりました」

「よろしく」

笑顔でそう言った城戸崎が背を向け、ドアを開けて廊下に出る。

すぐさま翔太がそのあとを追う。

「いってらっしゃい」

「行ってきまーす」

城戸崎はうなずき、翔太が手を振ってからドアを閉める。

鍵《かぎ》を閉める音が響くと同時に、急にあたりが静まり返った。

「なんか不思議……」

家族以外の人を家から送り出すのは初めてのことだ。

それなのに、とても自然に感じた。

彼らと過ごしてまだいくらも経《た》っていないのに、すっかり馴染《なじ》んでしまっている。

こんなにも早く打ち解けるとは自分でも思っていなかっただけに驚く。

「家に人がいるっていいもんなんだな」

ひとり暮らしが寂しいと思ったことはなかった。

けれど、城戸崎たちと一緒にいる楽しさを知ってしまったから、いまさらひとり暮らしに戻ったら寂しくなりそうだ。

「さーてと、後片付けでもしようっかな……」

しんみりしそうになった優貴は、気持ちを切り替えてダイニングキッチンに戻る。

「後片付けっていっても、機械任せでいいんだから楽すぎて後ろめたい」

食器を食洗機に入れ、洗剤をセットする。

いろいろな機能がありそうではあるが、とりあえずスタートボタンを押しておけば問題ないだろう。

「まだ時間はたっぷりあるし……どうしようかなぁ……」

テーブルの上を拭きつつ、このあとのことを考える。

城戸崎に釘《くぎ》を刺されているから、時間は有意義に使いたい。

あとは食洗機が終了を告げるのを待つだけだ。

椅子に腰かけ、スマートフォンを取り出す。

「この近くに本屋さんとかあればいいけど……」

ずっと我慢をしていた資料を買いたくてしかたない優貴は、スマートフォンで検索を始めた。

まずはマンションが建つ白金《しろかね》近辺の地図を表示させる。

暮らしていた高田馬場《たかだのばば》はそこそこ詳しいけれど、あまり出歩かないから他の場所はよく知らなかった。

「近いのは恵比寿《えびす》駅か……」

恵比寿駅までは歩いて十五分くらいで行けそうだ。

あまり多くの時間を使いたくないから、徒歩で行き帰りができる場所に書店があれば有り難い。

恵比寿なら大きな書店くらいありそうだと考え、さらに検索を進める。

「あった、あった……恵比寿の駅ビルなら余裕でお昼過ぎに帰ってこられそう」

書店があることを確認できたが、開店時間まであと一時間以上あった。

「食器を片付けてから出ればいいか」

食洗機が終了するのを待つあいだ、ただぼーっとしていてもしかたない。

こんなときはネームをするにかぎる。

椅子から腰を上げた優貴は、いそいそと自室に向かっていた。

＊＊＊＊

マンションを出た優貴は、予想どおり十五分ほどで目的地に到着していた。

大きな通りに出てから、ひたすら一本道を歩いてきただけなのだ。

念のためスマートフォンに地図を表示させていたが、頼りにする必要もないくらい簡単な道順だった。

駅ビルに入り、エスカレーターに乗って書店がある階を目指す。

開店して間もない店内は、まだ客の姿もまばらだ。

「へぇ、こんなお洒落《しゃれ》な本屋さん初めて」

書店に来た目的は写真集を買うこと。

優貴が描いている漫画は、異世界を舞台にした探検物で、主人公がいろいろな城を訪れる設定になっている。

いまのところ連載の評価があまり高くないため、このままではコミックス化が難しいと担当編集者から言われていた。

だから、キャラクターの衣装や城のリアル感を出すために資料がほしいのだ。

インターネット上に転がっている写真で充分だろうと言う人もいるし、優貴自身も参考にしてきた。

けれど、インターネットで検索を始めてしまうと、どうしても横道に逸《そ》れてしまいがちなのだ。

そもそも、資料を買うだけの余裕がないから、インターネットで探して我慢をしていただけで、参考にするなら写真集や図解説明をしている書籍のほうがいいと思っていた。

「たくさんあって迷う……」

ヨーロッパ各国の城を撮影した写真集だけで何冊もあり、見ているとどれもこれも欲しくなってくる。

給料が出るのはまだ先だが、来月には原稿料も入るだけでなく、一ヶ月分の敷金が戻ってくるのだ。

部屋を借りるときに二ヶ月分の敷金を払っている。五年も暮らしていたから、敷金は戻ってこないだろうと思っていた。

それが、昨日になって二ツ木《ふたつぎ》から電話が入り、一ヶ月分の敷金が返ってくることを教えられたのだ。

マンションのオーナーである城戸崎の気遣いのような気がしなくもないが、予定外の収入ほど嬉しいものはない。

写真集を二、三冊買っても、窮地に陥ることはなくなったから、どれにしようかと余計に迷ってしまうのだ。

「二冊とも買おうと思えば買えるけど……」

仕事に使う資料なのだから、無駄遣いではないとわかっていても、高額なだけに躊躇《ためら》ってしまう。

「とりあえず今日はこっちだけ」

一冊を棚に戻し、より惹《ひ》かれた写真集を持ってレジに向かう。

本を購入するだけなのにドキドキしてきた。

「ありがとうございました」

支払いをすませて本を受け取り、しっかり抱えて書店をあとにする。

「ひゃー、久しぶりに高い本を買っちゃった。大事にしないと」

待望の写真集をようやく手に入れることができた喜びはひとしおで、ひとり頬《ほお》を緩ませた。

これからは、いままでのような我慢をしなくてもすむ。

貯金をすることだって可能だ。

これでやる気が出ないわけがなかった。

「もうお昼なんだ」

スマートフォンで時間を確認した優貴は、エスカレーターで階下まで降り、そのまま駅ビルを出る。

書店に来ると、あっという間に時間が過ぎてしまう。

「ご飯、どうしようかなぁ……」

恵比寿駅界隈のことはよくわからない。

探せば安い定食屋もあるだろうが、あまり時間をかけたくなかった。

「あっ」

馴染みある看板を見つけてそちらに足を向ける。

いつでもどこでも気楽に入れるのは、やはりファストフード店だ。

ランチタイムなら安いセットがある。

さっそくハンバーガーのセットを購入し、いそいそと帰路に就く。

「昼ご飯も買ったし、帰ってゆっくり写真集を見ようっと」

ファストフード店の袋を提げ、片腕に写真集を抱え、ひたすら一本道を歩く優貴は、かつてないほどの幸せを感じていた。

第六章

城戸崎のマンションで住み込みの仕事を始めてから、あっという間に半月が過ぎた。

早起きをして三人で朝食を摂り、城戸崎たちを送り出してからネームや原稿の下書きをする。二時半に翔太を迎えにいって、帰宅してからは絵を描いたりして過ごし、城戸崎が帰宅してから三人で夕食を摂る。

本格的な漫画の作業はそのあとに取りかかり、深夜の一時か二時にはベッドに入るというサイクルができ上がっていた。

「すっかり早起きにも慣れちゃったなぁ……午前中から仕事してるなんて、なんて健康的なんだろう」

自室で連載漫画の下書きに没頭していた優貴は、両手を広げて大きな伸びをして椅子から腰を上げる。

「あっ、もうこんな時間……」

その場で無意識に腕や腰を動かしつつ時間を確認したら、もう昼間近になっていた。

昼食はひとりきりなので、ごく簡単にすませている。

そもそも、朝食をしっかり食べるようになったから、さして腹も減らないのだ。

スマートフォンを手に部屋を出て、ダイニングキッチンに向かう。

「カップ麺《めん》でいっか」

湯を沸かしてカップ麺に注ぎ、箸《はし》を持ってリビングルームに移動する。

昼食はいつもテレビを観ながら食べていた。

とくに観たい番組があるわけではないけれど、リビングルームが広すぎるせいか、無音だとなんとなく落ち着かないのだ。

観るともなくテレビに目を向けながらカップ麺を啜《すす》っていると、不意に着信音が軽やかに響いた。

テーブルに置いてあるスマートフォンに目を向けた優貴は、おやっと首を傾げる。

「城戸崎さんからだ……」

電話をかけてくるなんて珍しい。

「あっ、もしかして……」

以前、晩ご飯用に寿司を買ってくるときは、野菜のおかずを作ると約束をした。

「今夜はお寿司かな……」

期待しつつ電話に出る。

「はい、千堂です」

『千堂君、翔太が熱を出したって幼稚園から連絡が入ったんだ』

「えっ、翔太君が熱を？」

城戸崎の声が上擦《うわず》っている。

かなり焦っている様子だ。

『俺はちょっと仕事で動けないから、急いで迎えに行ってくれないか』

「わかりました、すぐ迎えに行きます」

緊急事態に早々と電話を切り、スマートフォンを握り締めて足早に自室へと向かう。

食事の途中だったけれど、そんなことはどうでもいい。

とにかく、早く幼稚園に行かなければと、ショルダーバッグを抱えてマンションを出た。

「朝は元気だったのに、どうしたんだろう？　幼稚園から連絡が入るなんて、よっぽどの高熱なのかな？」

斜めがけしたショルダーバッグを片手で押さえ、幼稚園に向けて一目散《いちもくさん》に走る。

あんなにも不安そうな城戸崎の声を聞いたのは初めてだ。

ひとりで大事に育ててきたから、離れているときに翔太の具合が悪くなれば、心配するのは当然だろう。

彼が帰宅したときには、翔太も熱が下がって元気になっていればいいのにと願う。

「こんにちは、城戸崎翔太君を迎えにきました」

幼稚園まで来た優貴は、バッグからＩＤカードを取り出しながら、警備員に挨拶をした。

「こんな時間に？」

顔見知りの警備員も、さすがに怪訝《けげん》な顔をする。

「熱を出したって連絡があったんです」

「そうでしたか、どうぞ」

軽くうなずいた警備員が、片手で入るよう促してきた。

優貴は会釈をしてIDカードをカードリーダーにかざし、ゲートを通り抜ける。

「あっ、医務室ってどこですか？」

「園舎に入って廊下を左です」

振り返りざま訊《たず》ねると、警備員が園舎を指しながら教えてくれた。

「ありがとうございます」

礼を言って駆け出す。

ずっと走ってきたから、十分もかかっていないはずだ。

幼稚園が近くて本当によかったと思う。

「失礼します、城戸崎翔太を迎えにきました」

医務室のドアをノックして開けた優貴は、ベッドに横たわっている翔太を目にして一瞬、息を呑《の》んだ。

頬が真っ赤になっていて、その顔はどこか苦しげに見える。

「翔太君！」

居ても立ってもいられず、翔太が寝ているベッドに歩み寄った。

幼稚園の中にある医務室とは思えないくらい、医療施設としての設備が整っている。

幼い子供を不安にさせない配慮からか、室内は明るく可愛らしい雰囲気で、ベッド脇のテーブルにはぬいぐるみが置いてあった。

「保護者の方ですか？」

訝《いぶか》しげな視線を向けてきたのは、白衣を纏った医師らしき高齢の男性。

優貴が大学生くらいにしか見えないせいか、その目はあきらかに怪しんでいる。

「いえ、保護者の代理で迎えに来ているものです」

「こちらはいつも翔太君のお迎えに来てる方で、翔太君のお父様から迎えに行かせますと連絡が入っていますので」

幼稚園の職員が助け船を出してくれた。

説明を聞いてようやく納得したのか、白衣の男性が軽くうなずいた。

「軽い咳《せき》の症状もありますから、風邪《かぜ》による発熱ですね。先ほどの検温では三十九度でしたが、二、三日で熱は下がるでしょうから、明日は幼稚園を休ませてください」

「はい」

「ああ、それから、これをよく読んで水分補給を忘れないように」

白衣の男性が、カラーのパンフレットを差し出してくる。

「はい」

受け取ったパンフレットには、子供が熱を出した際の対処法が記されているようだった。

パンフレットをショルダーバッグにしまい、職員を振り返る。

「連れて帰っても大丈夫ですか？」

「車でいらっしゃいました？」

「いえ、歩きで……」

「じゃあ、タクシーを呼びましょうね」

「お願いします」

優貴は深々と頭を下げた。

熱を出している翔太が、一緒に歩いて帰れるわけがないのだ。

「翔太君……」

目を瞑《つぶ》っている翔太の頭を優しく撫でる。

心なしか息も荒い。

ときおり、「コホッ」と小さな咳をする。

苦しそうな表情を見ているだけで辛《つら》くなった。

代わってやれるものならそうしたいところだが、優貴にできることは看病くらいだ。

「タクシーは五分くらいで到着するみたいですよ。あと、これを」

「ありがとうございます」

タクシーを呼んでくれた職員が、翔太の通園バッグと帽子を渡してくれた。

帽子をショルダーバッグに入れ、通園バッグを腕に引っかける。

「翔太君、おウチに帰ろうね」

そっと起こした翔太を抱っこした優貴は、職員に一礼して医務室を出た。

＊＊＊＊

「さっきより少し楽そう……」

子供部屋のベッドで寝ている翔太をしばらく見つめていた優貴は、医務室で見たときよりも穏やかな表情になっていることに気づいて胸を撫《な》で下ろした。

「そうだ、城戸崎さんに連絡しないと」

安堵《あんど》したところで城戸崎を思い出し、スマートフォンを取り出して電話をする。

「大丈夫ですよ、僕がついてますから城戸崎さんはお仕事に専念してください」

仕事が片付き次第、帰るという城戸崎を宥《なだ》め、諭して電話を切った。

「見かけによらず、やっぱり凄い心配性なんだ」

小さく笑いながら、スマートフォンを尻ポケットに突っ込む。

実際にその目で翔太を見なければ、たぶん彼の不安は解消されないだろう。

とはいえ、入院を強《し》いられるほどの重い病気でもない。

城戸崎がいないあいだは、自分がつきっきりで看病する。

だから、彼にはしっかり仕事をしてほしかった。

「えーっと、いまのところ嘔吐《おうと》と下痢《げり》はないから、水分補給すればいいのかな」

子供用の机から引っ張り出してきた小さな椅子に座り、医師から渡されたパンフレットに目を通していく。

「子供の病気のことなんてさっぱりだから、こういうのくれるとホント助かる」

インターネットで調べれば、こうした案件もたくさん出てくるだろうが、医師から直接、渡された印刷物のほうが安心感があった。

「呼吸も静かになってきたし、着替えさせようかな……」

熱を出して汗をかいているだろうから、早めに着替えさせてやりたかった。

クローゼットからパジャマと下着を取り出してきて、ベッドの脇に下ろす。

「翔太君、お着替えするからね」

いまのところ、声をかけてもほぼ反応がない。

子供とはいえ、寝ている状態で上手《うま》くできるかどうか自信がなかったが、悪戦苦闘の末にどうにか着替えさせることに成功した。

脱がした制服をハンガーに掛け、汗に濡《ぬ》れた下着を持って洗面所に向かう。

洗濯をするのは城戸崎で、畳むのは優貴と役割分担が確定している。

翔太の下着を洗濯籠《かご》に放り込み、ダイニングキッチンまでジュースを取りに行く。

「ストローなんてあるのかな？」

手当たり次第、引き出しや扉を開けていった。

「いいのがあった」

ストロー付きの水筒を見つけ、にんまりする。

これなら寝ている翔太にも、零《こぼ》さずジュースを飲ませることができそうだ。

さっそく水筒を水ですすぎ、ジュースを半分ほど満たす。

「翔太君、ジュース飲もうか」

子供部屋に戻って声をかけると、薄《うっす》らと目を開いた。

ベッドに身を乗り出して翔太の後ろ首を片手で支え、ストローを口に近づける。

「翔太君の好きなリンゴジュースだよ」

自らストローを咥《くわ》えた彼が、コクン、コクンとジュースを飲んでいく。

満足してストローから口を離した彼は、すぐに吐き戻すこともなかった。

「よく飲めたね」

優しく言って、そっと頭を枕に戻してやる。

後ろ首を支えていた手に、園で抱っこしたときほどの熱は伝わってこなかった。

体温計が見つからなくて熱を測れないが、徐々に下がっているのかもしれない。

「ただいま」

「城戸崎さん！」

優貴はぎょっとした顔で振り返る。

まさか、こんなに早く帰ってくるとは思ってもいなかった。

仕事を放り出してきたのだろうか。

「翔太の具合は？　酷い熱なんだろう？」

歩み寄ってきた彼が、心配そうに翔太の顔を覗《のぞ》き込む。

いつになく表情が険しく、とても不安そうだ。

「幼稚園で測ったときは三十九度だったそうですけど、ジュースを飲んでも吐いたりしませんから、しばらく静かに寝かせておけば大丈夫だと思いますよ。いまのところ落ち着いているようなので様子を見ましょう」

「翔太……」

優貴の話に耳を傾けつつも、城戸崎は翔太から目を離そうとしなかったばかりか、安堵した様子もない。

「翔太君は僕が看てますから、仕事に戻ってください」

「いや、俺は翔太のそばにいる」

頑として聞き入れない彼は、さきほどまで優貴が使っていた椅子に座ると、翔太の小さな手をそっと両手で包み込んだ。

いっときも翔太のそばを離れない。

そんな意志の強さが伝わってきた。

「じゃあ、コーヒー淹《い》れてきますね」

城戸崎の説得を諦《あきら》め、子供部屋を出てダイニングキッチンに行き、コーヒーを淹れる。

「あんな顔、初めて見た」

優貴は驚きを隠せないでいた。

まるで、死に瀕《ひん》している我が子を見つめているかのようだった。

翔太の熱が下がれば、城戸崎も安心するだろう。

早く翔太が元気になることを願うばかりだ。

コーヒーを満たしたマグカップを手に子供部屋に戻った優貴は、ベッドの脇で翔太を見つめている城戸崎に声をかける。

「どうぞ」

「ありがとう」

ベッド横の小さな丸テーブルにマグカップを置くと、彼が小声で礼を言ってくれた。

「顔の赤味もだいぶ引いたし、いつもの可愛い寝顔に戻ってますね」

「すまない、取り乱してしまって……」

少しは落ち着いてきたのか、そうつぶやいた彼がため息をもらす。

「父親が息子を心配するのは当然のことですよ」

「翔太は俺の妹が産んだ子で、俺が養子にしたんだ」

「えっ……」

思いがけない告白に、優貴は言葉を失う。

「結婚して子供もできて幸せな暮らしを送っていたのに、二年ほど前に病に倒れて帰らぬ人になってしまったんだよ」

椅子に座っている彼が、ゆっくりと身体《からだ》をずらして優貴と向き合う。

神妙な面持ちの彼を、理解しがたい顔で見つめた。

「でも、どうして城戸崎さんが？　結婚してたなら実の父親がいるんじゃないんですか？」

「本当に身勝手な男で、あろうことか育児放棄をしたんだ」

「そんな……」

吐き捨てるように言った彼に、またしても言葉を失う。

実の母を亡くしたばかりの子供を、実の父親が見捨てるなど信じられない。

どんな事情があろうとも、許されることではないはずだ。

「父親から邪魔者扱いされた翔太を放っておけるわけがない。あんな可愛い子を……」

「それで養子に迎えたんですね」

「普通の養子縁組であれば独り身でもできるんでね」

大きくうなずいた彼が、翔太に和らいだ視線を向ける。

彼は甥《おい》である翔太を、我が子のように育ててきた。

彼が溢《あふ》れんばかりの愛情を注いでいるのは、傍《はた》で見ていても容易にわかる。

「翔太君はそのことを……」

素朴な疑問だった。

誰の目にも、城戸崎と翔太は仲のいい実の親子に映るはずだ。

だからこそ、気になったのだ。

「引き取ったのが三歳になったばかりのころだから、まだきちんと話はしていない。でも、俺が実の父親ではないことくらい理解していると思う」

苦々しく笑った城戸崎が、軽く肩をすくめてマグカップを取り上げてコーヒーを啜る。

「まあ、俺は翔太の本当の父親ではないのだから、いつか話して聞かせないといけないことはわかっているんだが……」

「事実を知っても翔太君にとってのパパは城戸崎さんで、唯一無二《ゆいいつむに》の存在だと思いますよ」

遮って言い切った優貴を、彼が驚きの顔で見上げてきた。

「千堂君？」

「だって、翔太君はいつもパパ、パパって……あんなキラキラした瞳でパパって呼ぶのは、城戸崎さんが大好きだからだと思います」

嘘偽りのない言葉だ。

真実を知ったいまでも、実の親子としか思えない。

なにがあっても、彼らの関係は変わらない気がした。

「君は優しいんだな」

「思ったことを言っただけです」

「君がいてくれて助かったよ、本当にありがとう」

ようやく穏やかな笑みを浮かべた城戸崎に礼を言われ、急に気恥ずかしくなる。

「いつでも食べられるようにおかゆを作っておきますから、城戸崎さんは翔太君のそばにいてあげてください」

「仕事は大丈夫なのか？」

「ちょうど一段落したところなんです」

「そうか……いろいろ迷惑をかけてしまってすまない。心から感謝している」

改めて礼を口にした彼が、真《ま》っ直《す》ぐに見上げてきた。

いつになく視線に熱を感じ、わけもわからず鼓動が跳ね上がる。

どうしてしまったのだろうか。

なにかがおかしい。

「翔太君が目を覚ましたら、お腹《なか》が空《す》いていないか聞いてみてくださいね」

「わかった」

城戸崎のそばにいるのが妙に照れくさくなった優貴は、そそくさと子供部屋を出て静かにドアを閉める。

「養子かぁ……本当の親子にしか見えなかったのに……」

ひとりつぶやきながら、ダイニングキッチンに向かう。

格好よくて優しいパパと、可愛らしい翔太は、見ていて本当に微笑《ほほえ》ましい親子だ。

悲しい過去など、まったく感じさせない。

「世の中には酷い親がいるもんだな」

だからこそ、翔太の実父が許せなかった。

自分のことのように、怒りが沸々《ふつふつ》と湧いてくる。

城戸崎は経済的に恵まれているかもしれないが、男手ひとりで育てる城戸崎の精神的な苦労は計り知れない。

「元気になったらたくさん遊んであげようっと……」

城戸崎はなによりも、翔太に寂しい思いをさせたくないと考えているはずだ。

幸いなことに翔太はすっかり懐いてくれている。

翔太のためにおかゆを作り始めた優貴は、これまで以上に彼らの役に立ちたいという思いを強めていた。

第七章

日曜日になり、すっかり熱が下がった翔太はいつもの元気を取り戻している。

日に日に元気になっていく翔太を見て不安も失《う》せたのか、城戸崎は普段と変わらない様子で出勤していった。

午前中からお絵かきに精を出し、昼食をすませたあとも、少しお絵かきをしていたが、途中で翔太がコトンと寝てしまい、優貴はソファに座ってネームに取り組んでいる。

城戸崎たちと暮らし始めてから、いろいろなアイデアが浮かぶようになり、昼間の時間はほとんどをネームに費やしていた。

もともと漫画を描くのが好きだったけれど、いまは描きたいという意欲に掻《か》き立てられている。

ただ、やる気は充分すぎるほどあるのに、相変わらず連載の反応は芳《かんば》しくないようで、編集者からコミックス化は難しいと言われていた。

とはいえ、コミックス化はしないと断言されたわけではない。

連載が盛り上がってきて、読者の反応がよくなれば、いまからでもコミックスになる可能性は残されているのだ。

試しに担当編集者に新たな作品のネームを見てもらったところ、面白いと言ってくれたばかりか、編集会議にかけてみるとまでいってくれた。

いまの連載作品はコミックス化が未定だが、新たな連載枠をもらえるかもしれないというのは朗報であり、漫画に対する意欲は強まるばかりだ。

「うん？」

ネームに没頭していた優貴は、着信音に気づいてスマートフォンを取り出す。

「城戸崎さんだ……」

翔太のことが心配で電話してきたのだろうか。

「ホントに心配性なんだから」

ちょっと呆《あき》れつつ電話に出る。

「はい、千堂です」

着信音で目が覚めたのか、絨毯《じゅうたん》の上で昼寝をしていた翔太がモゾモゾと動く。

「はい、わかりました。すぐに伺います」

浮かれた気分で電話を切った優貴は、すぐさま翔太を揺り起こす。

「翔太君、パパのところにいくよ」

「ホントー」

まだ眠そうにしていた翔太も、「パパ」と聞いて目が覚めたようだ。

「支度してくるから、ちょっと待っててね」

「はーい」

元気な返事をした彼を残し、ネームの道具を持って自室に急ぐ。

城戸崎からの電話は、散歩がてら翔太と一緒にギャラリーに来ないかというものだった。

熱を出してからの翔太はずっと家で過ごしていたから、少し身体を動かしたほうがいいと考えたのかもしれない。

今日は朝から晴れ渡っていて、いつになく暖かいから、散歩には打って付けだ。

ショルダーバッグを斜めがけにして部屋をあとにした優貴は、リビングルームで待っている翔太に声をかけ、一緒に玄関に向かう。

「パパのお店に行くの久しぶりなんだよー」

手を繋《つな》いでマンションを出ると、翔太が嬉しそうに優貴を見上げてきた。

「そうなんだ？　じゃあ、楽しみだね」

「お店に行くとねー、おいしいパフェがたべられるのー」

繋いだ手をぶんぶんと振りながら歩く彼は、元気いっぱいだ。

恵比寿にあるギャラリーまでは一本道で、先日は十五分ほどで駅まで到着したけれど、翔太が一緒だからもう少し時間がかかるだろう。

でも、急ぐ必要があるわけでもなく、のんびりと暖かな陽射《ひざ》しの中を歩いて行く。

恵比寿駅とマンションの中ほどに幼稚園があるから、倍ほどの距離を歩くことになる。翔太が疲れないだろうかと心配だったけれど、彼は疲れた素振《そぶ》りもみせなかった。

「あっ、パパだー」

〈ギャラリーＪ〉の近くまで来たところで、大きな声をあげた翔太にグイッと手を引っ張られた。

ガラス越しに城戸崎が見えたのだろう。

早く行こうとばかりに、彼は前のめりになって繋いでいる手を引っ張った。

「はい、どうぞ」

「パパー」

ガラスのドアを開けてやると同時に、店内に飛び込んだ翔太が城戸崎に駆け寄っていく。

しゃがんで翔太を受け止めた城戸崎が、軽々と抱き上げる。

なんて素敵な笑顔なのだろうか。

城戸崎の優しい微笑みを見ているだけで、穏やかな気持ちになっていく。

「こんにちは」

「急に呼び出してすまなかったね」

「いえ、とんでもない。ちょっと作品を観てもいいですか？」

「興味あるのか？」

彼が不思議そうに見返してくる。

「ここに何度も来ているのに、作品をじっくり観たことがないから、機会があったら寄ってみようと思っていたんです」

「ここだけでなく、二階も展示してあるから自由にどうぞ」

「ありがとうございます」

許可を得た優貴は作品をひとつずつ観て回る。

漫画を描いてばかりで、芸術にはあまり触れてこなかった。

でも、さまざまなジャンルの作品を観て勉強がしたい。

それと、城戸崎がどういった作品を扱っているのか知りたかった。

「これは、現役の芸大生の作品だよ」

翔太を抱っこした城戸崎が隣に立ち、観ている作品について話してくれる。

「ここには、すでに名の知れた作家の作品はひとつもない。俺のモットーは若い作家を世に送り出すことだ。だから、すべて俺がこの目で見て、売れると直感した若手作家の作品だけを展示している」

城戸崎の語り口は、いつになく情熱的だ。

「芸術家を目指す者は数多くいるが、芸術家として食べていけるのは、ほんの一握りしかいない。その一握りの芸術家を俺は発掘することに精力を注いでいるんだ」

「ギャラリーって絵を展示して販売してるだけなのかと思ってました」

「まあ、高い絵を買ってさらに高く売るという手もある。違いは画商の考えによるだけで、俺は新人を育てたいと思ってこのギャラリーを始めた」

きっぱりと言い切った城戸崎が、抱っこしている翔太をそっと床に下ろす。

情熱を持って仕事に打ち込む彼は、なんて格好いいんだろう。

彼に目をかけられた芸術家は幸せ者だ。

「三人でお茶でも飲みに行かないか？」

「仕事中なのに大丈夫なんですか？」

「ああ」

笑顔でうなずいた彼が翔太と手を繋ぎ、奥の部屋を振り返る。

「中延《なかのべ》君、ちょっと出かけてくるよ」

「はーい」

返事とともに中延が姿を見せた。

「いってらっしゃい」

「またねー」

お辞儀をした中延に、翔太が愛らしく手を振る。

中延に見送られてギャラリーを出た優貴は、城戸崎と手を繋いでいる翔太の手を取り、三人で並んで歩く。

「近くに感じのいいカフェがあるんだ」

このあたりは詳しくないから、城戸崎についていくしかない。

目指すカフェは人通りの少ない道をしばらく歩いた先にあった。

オープンテラスのテーブル席に座り、パフェとコーヒーを頼む。

午後の陽射しが心地いい。

こんな洒落たカフェにひとりで入る勇気はないけれど、城戸崎たちと一緒だと不思議なことに寛《くつろ》げた。

「おいしかったー」

あっという間にパフェを平らげた翔太が、「はふー」と盛大に息を吐く。

よほど美味《うま》かったのだろう。

店員とも顔見知りのようだったから、ギャラリーに来たときはいつもここでパフェを食べているのかもしれない。

「城戸崎さんは作品のどこを見てこれはイケるって判断しているんですか?」

「こればかりは直感でしかないんだ」

「外れはなしですか?」

「いまのところはなしだ」

「凄い……」

ため息しかもれない優貴は、羨望《せんぼう》の眼差しを向けながらコーヒーを啜る。

「発掘するだけじゃなくて、売るための努力もしてるからな」

「そうなんですか？」

「俺も商売でやっているんだから、売れないと困るだろう？」

そう言われてしまうとうなずくしかない。

たくさんの若手芸術家を世に送り出している彼は、さぞかしやり手の画商なのだろう。

「あの……」

「うん？」

「僕もいつか人気漫画家になれると思いますか？」

城戸崎の目に自分はどう映っているのだろうかと、ふと気になって訊ねてみた。

「俺は漫画のことはよく知らないし、千堂君が描いている漫画をまだ読んだことがないからなぁ」

ちょっと困ったように彼が笑う。

そういえば、彼はどんな漫画を描いているのかとか、作品を読ませてほしいとか一度も口にしていない。

自分のことになど興味がないからだろうと思うと、急に寂しさを覚えた。

「ただ、これは共通して言えることかもしれないけど、若いうちは数多くの作品を手がけたほうがいい。迷っても、納得がいかなくても、投げ出さずにとにかく完成させる。自分の作品なんだから、とことん情熱を注ぐべきだ」

わかるかと言いたげな顔で見つめられ、優貴はこくりとうなずく。

「作品に込めた情熱と勢いは、必ず見る者に伝わると俺は思っているんだ」

「情熱が伝わる？」

「ああ、作者にはなにかしら訴えかけたいことがあるはずで、見る者はそれが伝わってくるから心を動かされる。伝えたい思いを込めなければダメだということだよ」

彼の話を聞いて、目から鱗《うろこ》が落ちたような気分になった。

漫画が好きだから漫画家になりたくて、ずっと漫画を描いてきたけれど、もっともっと自分がのめり込まなければ、読者を惹きつけることはできないのだろう。

「ああ、寝てしまったな」

城戸崎の笑いを含んだ声にふと我に返ると、椅子の背もたれにすっかり身を預けている翔太がすやすやと眠っていた。

パフェを食べて満足した彼は、暖かな陽射しの心地よさに眠気をもよおしたようだ。

「天気もいいし、しばらく寝かせておくか」

「そうですね」

脱いだ上着を翔太にかけた城戸崎と顔を見合わせて笑う。

「もう一杯、頼む？」

彼がどうすると言いたげに小首を傾げる。

有意義なアドバイスをくれた城戸崎と、もっとたくさん話がしたい優貴は、迷うことなくうなずき返していた。

第八章

「もう八時を過ぎたっていうのに……」

朝食の用意をしている城戸崎は、いつまでたっても姿を見せない優貴が気になっている。

今朝にかぎってどうしたというのだろうか。

「具合でも悪いのか？」

さすがに心配になり、ダイニングキッチンを出て優貴の部屋に向かう。

「千堂君？　千堂君？」

ドアをノックしても、呼びかけても返事がない。

「入るよ」

ドアを開けて部屋に入ると、ベッドで優貴が唸《うな》っている。

顔が真っ赤で、額《ひたい》に手を当ててみるとひどく熱い。

「翔太の風邪が移ったのか……」

「パパー、どうしたのー」

追いかけてきた翔太が、部屋に入ろうとする。

「翔太、そこにいなさい」

厳しい口調で言い放つと、驚いた翔太はいまにも泣き出しそうだ。

ベッドを離れた城戸崎は慌てて駆け寄り、翔太を抱き上げる。

「お兄ちゃん、お熱があるみたいなんだ」

「おねつ出したのー？」

「だから、お兄ちゃんのお部屋に入ったらダメだよ」

「お兄ちゃん、だいじょーぶー？」

翔太の泣きそうな顔が、一瞬にして心配そうな顔に変わる。

「ちょっとお熱を出しただけだから、すぐに元気になるよ」

安心させるように言いながらダイニングキッチンに戻り、翔太に朝食を食べさせる。

優貴が気になるけれど、翔太を幼稚園に送り届ける時間が迫っていた。

サンドイッチとホットミルクの朝食を終えるのを待ち、車で幼稚園まで連れて行く。

車中では翔太も優貴を気にかけていたけれど、幼稚園に到着して友だちと顔を合わせたとたんに忘れたようだ。

彼は幼稚園に入園してから、行きたくないとごねたことが一度もない。

同い年の友だちがたくさんいる幼稚園は、なにより楽しい場所のようだ。

「すみません、無理を言って。お待ちしておりますので」

車に戻った城戸崎はかかりつけの医者に電話をして往診を頼み、すぐさまマンションに戻る。

「仕事が休みの日でよかった……」

自ら経営するギャラリーだから多少の融通が利くとはいえ、営業日は休みの日のように自由には動けない。

「まずは熱か……」

廊下のクローゼットから取り出した救急箱を持ち、優貴の部屋に向かう。

仰向《あおむ》けで寝ている彼は、かなり息が荒い。

「ちょっと熱を測らせて」

ベッドの端に腰かけ、寝ている優貴のパジャマに手を入れ、脇の下に体温計を挟む。

「三十八度五分か……氷枕を……」

体温計をサイドテーブルに置いて部屋を出た城戸崎は、ダイニングキッチンに向かう。

フリーザーから取り出した氷枕を持って洗面所に寄り、清潔なタオルを鷲摑《わしづか》みにして優貴の部屋に戻る。

タオルで包《くる》んだ氷枕を首の後ろにあてがい、タオルで顔の汗を拭いてやる。

「昨夜はべつにこれといって……」

夕食を食べているときは、普段と変わらない様子だった。

咳のひとつもしていなかったはずだ。

部屋に戻ったのは九時を過ぎたころで、そのあと仕事をしている最中に具合が悪くなったのだろうか。

最近は遅くまで仕事をしているようだったから、無理があったのかもしれない。

「ああ、来たか……」

インターホンが鳴り、医師を迎えるため急いで部屋を出る。

「ただの風邪だといいんだが……」

最近はインフルエンザや風疹《ふうしん》が流行《はや》っているから、よけいに心配だ。

再びインターホンが鳴り、玄関のドアを開けた。

「すみません、二十三歳の男性で、先ほど測った体温は三十八度五分でした。咳はしてないようです」

「三十八度五分だとインフルエンザの可能性がありますね」

「ええ、それが心配で」

黒い鞄《かばん》を提げてきた医師を、優貴の部屋に案内していく。

翔太を引き取ったときから通っているクリニックの医師で、親子で診療にあたっているため、緊急時は往診をしてくれるのだ。

「どうぞ」

ベッドに歩み寄った医師が、優貴の顔を覗き込む。

「インフルエンザの検査をしましょう」

提げてきた鞄をベッドの端に置き、検査用のキットを取り出す。

城戸崎はただ見守るしかない。

悶々《もんもん》としながら長らく待っていると、ようやく医師が振り返った。

「インフルエンザは陰性でした。喉が少し腫《は》れていますから、風邪による発熱でしょう。解熱剤を出しますのでゆっくり休養して様子をみてください」

「ありがとうございました」

胸を撫で下ろした城戸崎は深々と頭を下げる。

「高熱のとき6時間をあけて服用してください」

「はい」

帰り支度を終えた医師を玄関まで送る。

「明日にでも保険証を持ってお支払いに伺います」

「水分補給を忘れずに」

「はい」

「お大事に」

「ありがとうございました」

医師を送り出すや否やダイニングキッチンに行き、薬を飲ませるための水を用意する。

「ただの風邪でよかった……」

優貴の部屋に戻り、手にしたグラスをサイドテーブルに置く。

「千堂君、ちょっと起きられるかな?」

「うーん……」

優貴がどうにか目を開けた。

「解熱剤を出してもらったから飲んで」

ベッドの端に腰かけ、彼の背に手を当てて起こしてやる。

かなり辛《つら》そうな顔をしたけれど、薬を飲ませて早く熱を下げてやりたい。

「口を開けて」

かすかに開いた唇のあいだから錠剤を押し込み、グラスを口にあてる。

「もうひと口、飲んで」

促されるままゴクリと水を飲み込んだ彼を、そっとベッドに寝かせた。

あとは熱が下がるのを待つしかない。

「しばらくここにいるか……」

定期的に水分を摂らせたほうがいいだろうと考え、引き出してきた椅子に腰かけ優貴を見つめる。

「早いものだな……」

初めて彼がギャラリーを訪ねてきてから、間もなく一ヶ月だ。

第一印象がさほど悪くなかったことを覚えている。

家賃を滞納してしらばっくれるのではなく、わざわざ待ってほしいと頼みにきた。

それも支払日の前にだ。

よほど根が真面目《まじめ》でなければ、そんなことをしないだろう。

ただ、なにも解決策を考えないで交渉しようとしたのが気に入らず、相手にしなかったのだ。

払えないものはしかたないと諦めると思いきや、彼は毎日のように足を運んできては頭を下げ続けた。

それでどうにかなるものではないと、まったく気がつく気配もない彼に呆れ、誠意を見せろと忠告した。

考える力があるならば、なにかしらの策を講じてまた訪ねてくるだろう。

それならそれで、きちんと彼の話を聞いてやり、内容に納得すれば家賃を待ってやるつもりだった。

翌日、彼は期待に応える形で、前借りしたアルバイト代を差し出してきた。

さらには、家賃を稼ぐためにアルバイトを増やすとまで言ったのだ。

いまどきの若者にしては驚くほど誠実であり、それでいいことにしようと最初は思ったのだが、ふとある案が浮かんで考えを変えた。

優貴を雇えば、懐いている翔太が喜ぶ。

なによりお絵かきが好きな翔太にとって、彼は間違いなくよい遊び相手になってくれるだろう。

自宅に人を住まわせることには抵抗があり、これまで両親に頼りつつどうにか翔太の面倒をみてきた。

それが、なぜだか優貴なら自宅にいても平気なような気がしたのだ。

彼は若いながらも真面目で誠実さもある。

どうしても漫画を描き続けたいという熱心さも感じられた。

本業が漫画家で、あまり稼げていないなら、住み込みでしかも仕事場が確保できる環境は最高だろう。

若い芸術家を発掘して育ててきたせいか、思いつきで売れない漫画家の優貴の面倒を見たくなってしまったというのもある。

「まさかこんなに早く家族のように融《と》け込むとは思ってもいなかったな……」

住み込みの仕事を提案したときを思い出した城戸崎は、苦笑いを浮かべた。

彼は与えられた仕事だけをこなすのではなく、なにかと率先して手伝う気の利いたところがあり、三人で食事をしてみれば、笑いが絶えることなく賑《にぎ》やかで楽しい。

優貴にさしたる思い入れもなく雇うことにしたというのに、いまではこの生活が長く続けばいいと思うまでになっていた。

「うーん……」

優貴が小さく唸り、物思いに耽《ふけ》っていた城戸崎はハッと我に返る。

「汗びっしょりだな……着替えたほうがよさそうだ」

そう思ったものの、勝手に探すのは憚《はばか》られた。

「千堂君、着替えはどこにある？」

「すみませ……ん……大丈夫です……」

「このままでいいわけないだろう？」

「でも……」

辛い思いをしているのに、遠慮する彼がいじらしく映る。

「翔太の看病をしてもらったんだから、着替えの手伝いくらいさせてもらうよ」

「ありがとうございます……右のクローゼットにパジャマが……」

「わかった」

彼が力なく指さしたクローゼットまで行って扉を開ける。

いつも元気だからこそ、弱々しい彼をほうっておけない。

彼のためになにかをするのを苦と思わないばかりか、できるかぎりのことをしてやりたくなっている。

早く元気な顔を見せてほしい。

陽気な笑い声が聞きたい。

これまでとくに優貴を意識したことがなかった城戸崎も、いまはそんな気分でパジャマを探していた。

第九章

「あー、へんな色になったー」

モニターを凝視していた翔太が、むくれ顔で見上げてくる。

熱も下がって元気になった優貴は、翔太の世話に精を出していた。

つきっきりで看病してくれた城戸崎の優しさに胸を打たれ、これまで以上に頑張ろうと心に決めたのだ。

ペンタブレットの使い方を覚えてからの翔太は、幼稚園から帰ってくるとデジタルお絵かきに夢中になった。

描くことが好きだから、覚えるのも早い。

いまは色づけに挑戦中だ。

「ただいま」

城戸崎の声に、翔太と一緒に振り返る。

最近の翔太は昼寝もしないでデジタルお絵かきをしているから、城戸崎は帰宅すると真っ直ぐ優貴の部屋にやってくるのだ。

「おかえりなさーい」

翔太は言うだけ言うと、すぐさまモニターに向き直ってしまった。

城戸崎が帰ってくると、一目散に駆け寄っていって抱きついていたのに、たいそうな変わりようだ。

「ずっとここでお絵かきしてたのか？」

部屋に入ってきた城戸崎が、脱いだ上着と持っていた大きな茶封筒をベッドに放る。

「だってたのしいんだもーん」

「なにを描いているんだ？」

翔太の背後に立った彼が、モニターを覗き込む。

「トラさーん」

「にしては色が違うような……」

城戸崎が解せない顔で優貴を振り返ってくる。

「色の指定を間違えちゃったんです」

「なるほど。まあグリーンの虎《とら》も斬新でいい感じだが」

彼が小さく笑う。

「ホントは茶色にしたかったのにー」

「ここをこうすると消えるから、やり直してみて」

「はーい」

翔太がニコニコ顔でお絵かきを再開する。

「千堂君、ちょっといいかな？」

「はい？」

城戸崎に手招きされ、並んでベッドに腰かけた。

「仕事道具を使わせてもらうのは申し訳ないから、翔太にもひととおり揃《そろ》えてやろうと思うんだが、どれがいいんだろうか？」

彼が茶封筒からカタログを取り出し、優貴に手渡してくる。

「店の人に訊《き》くより、君に訊いたほうがいいと思って」

「ここに載ってるのは、僕が使ってるのとはちょっと違うんです」

「そうなのか？」

よくわからないと彼が首を傾げた。

「パパー、おなかすいたー」

「はい、はい」

自分勝手な翔太を笑いながらも、彼は上着を摑んでベッドから腰を上げる。

「今夜はクリームシチューだぞー」

「わーい」

城戸崎と翔太が手を繋いで部屋を出て行き、優貴もあとを追う。

今日は朝のうちに夕食の仕込みを終わらせてある。

シチューを温め、パンを焼き、サラダを冷蔵庫から出せば夕飯の完成だ。

三人で手分けをして食卓を調え、「いただきます」の合唱をして食事を始める。

「そうだ、いま千堂君が使っているのを翔太用にして、新しく君のを揃えるか?」

「えっ?」

「慣れている道具のほうが、翔太もそのまま使えていいだろう?」

唐突な提案に、優貴は鼓動が速くなった。

一式まるっと新しくなるなんて夢のようだ。

本当にそんなことになったら卒倒しそうだけれど、さすがに承諾するのは図々《ずうずう》しすぎる。

「ああ、でも君も使い慣れてるほうが仕事しやすいっていうのもあるか……」

「ええ、まあ……」

口籠《くちご》もりつつ、クリームシチューを頬張《ほおば》った。

城戸崎が思い直してくれたのが、嬉しいような残念なような複雑な気分だ。

仕事道具は自分で稼いだ金で購入したほうが、ありがたみを感じながら使える。

なんでもかんでも城戸崎に甘えてはいけない。

すでに充分すぎるほど、彼から恩恵を受けているのだから。

食事中だというのに、ついつい新しい機器のことを考えてしまう。

あれこれ想像しているうちに食べ終えていた優貴は、ハッとした顔で隣に目を向ける。

翔太の皿もすっかり空になっていた。

「そろそろデザートを出しましょうか？」

「もうねるー」

翔太はデザートどころではなさそうだ。

ここ最近は昼寝をしないでお絵かきをしているから、早くに眠くなってしまうらしい。

「寝る前にお風呂に入るぞ」

急いで席を立った城戸崎が、寝られてしまってはたまらないとばかりに、翔太を抱き上げてダイニングキッチンを出て行く。

「パパは大変だ」

慌ただしい様子を笑いながら、食器を重ねて席を立つ。

後片付けは優貴に任されている。

朝晩、欠かさず食事を一緒にしているから、給料から食費を引いてほしいと頼んだら、代わりに後片付けを提案された。

それでは申し訳ない思いがあったけれど、彼と押し問答はしたくないから提案を受け入れたのだ。

運んだ食器を食洗機に入れ、洗剤をセットしてスタートボタンを押す。

最後にテーブルの上を拭き、改めて椅子に腰かける。

「確か普通のタブレットでお絵かきができたはず……」

翔太はまだ五歳だから、遊びで使うのであれば持ち運びできる小型のタブレットのほうがよさそうだ。

「自分の部屋でもお絵かきできるし……」

大きくなってもデジタルで描くことに飽きなかったら、そのときに本格的な機器を揃えてやればいいような気がする。

「はぁ……忙《せわ》しない……」

城戸崎がバスローブ姿で戻ってきた。

洗ったばかりの髪を、タオルで無造作に拭いている。

なんだか目のやり場に困った。

初めて見るわけでもないのに、どうしてドキドキしているのだろうか。

「片付けてくれたんだな。いつも助かるよ」

「しょ……翔太君、おとなしく寝ましたか？」

ドキドキしているせいか、緊張して声が上擦ってしまった。

変に思われなかっただろうか。

「ああ、バタンキューだ。よほどデジタルで絵を描くのが楽しいんだな」

そう言って笑った彼が冷蔵庫から缶ビールを取り出し、開けるなり一気に呷《あお》った。

露《あら》わになった喉元に、またしてもドキドキしてしまう。

「寝付きがいい子でよかったです」

なるべく彼を見ないように話をする。

「そうなんですか？」

「寝付きがよくなったのは君が来てからだ」

思わずまた彼に目を向けてしまった。

「根が寂しがり屋だから、大好きな君とたくさん遊べて、心身ともに満足しているんだと思う」

「ママがいればきっと翔太君も……」

「本当ならな」

「城戸崎さん、結婚しないんですか？　翔太君のママになってくれる人って、いそうな気がしますけど」

翔太のことを考えると、やはり母親が必要な気がする。

もしかして、子連れで初婚というのはハードルが高いのだろうか。

「君みたいな子がいたら考えるんだけどな」

「えっ？」

理解しがたい言葉に、優貴は首を傾げて彼を見上げる。

「俺、いまの暮らしが性《しょう》に合っているっていうか、三人家族みたいですごく気に入っているんだ」

柔らかに微笑んでビールを飲み干した彼が、新たな缶ビールを冷蔵庫から持ってきた。

「君はどうなのかな?」

急に熱い眼差しを向けられ、かなり戸惑う。

それでも、同じように思うことが度々《たびたび》あった優貴は、正直に答えを返す。

「僕もいまのままがいいなって思います」

「そう、よかった」

嬉しそうに笑った城戸崎が、ビールを片手にダイニングキッチンを出て行く。

風呂から出たあとの彼は、酒を飲みながらリビングルームで過ごすことが多い。

後片付けをすませている優貴は、仕事をするため自室に向かう。

「このままがよくても、いつまで……」

ずっとここで働くわけにはいかないだろう。

翔太はどんどん成長していく。

そのうち、外で友だちと遊ぶようになるはずだ。

「すぐじゃないけど……」

いつかこの暮らしも終わりを迎える。

そうしたら、城戸崎と会えなくなってしまう。

「なんで……」

真っ先に頭に浮かんだのが、翔太ではなく城戸崎だった。

なぜだかわからない。

でも、いずれ城戸崎に会えなくなるのだと思っただけで、寂しさに胸が締め付けられた。

こんな苦しさはかつて味わったことがない。

寂しさばかりか不安すら感じている。

「城戸崎さん……」

部屋に入って閉めたドアに力なくもたれかかった優貴は、しばらくそこから動けないでいた。

第十章

「はい、宜《よろ》しくお願いいたします」

電話での打ち合わせを終えた城戸崎は、受話器を戻して椅子の背に寄りかかる。

仕事はこれまでどおり順調だ。

個展の企画をしたり、売り込みにくる芸術家の相手をしたり、接客したりと忙しい日々を送っている。

「結婚かぁ……」

このところ、ふとした瞬間に、優貴が口にした言葉が脳裏を過《よ》ぎることが多い。

学生時代から普通に恋愛をしてきた。

けれど、生活をともにしたいと思える相手と出会うことはなかった。

この先もどうせ同じだろうからといった思いもあり、躊躇うことなく翔太を養子に迎えたのだ。

それなのに、優貴と暮らすことを楽しいと感じているだけでなく、ずっと続けたいと思い始めた。

そんな気持ちが湧き始めていた矢先に、結婚しないのかと突然、彼に問われたから、いまの生活について訊ねたのだ。

期待していなかっただけに、優貴が自分と同じ気持ちだとわかって心の底から安堵した。

と同時に、ちょっとはにかんだ照れくさそうな顔に年甲斐《としがい》もなく胸がときめいた。

気がつけば、いつも彼を目で追っていた。

早く彼の顔を見たい思いから帰宅を急いだ。

献身的に働く彼の姿を、愛《いと》しいと感じるようになったのはいつからだろう。

「まさか彼を好きになるなんて……」

時を重ねるほど彼に惹かれていき、その思いがいつしか本物の恋心に変わった。

翔太のためではなく、ずっと自分のそばにいてほしい。

優貴を自分だけのものにしたい。

けれど、この気持ちをすぐ彼に伝えることには躊躇いがある。

「男から好きだって言われたら……」

いきなり告白などしたら、彼は仕事を辞めてしまうかもしれない。

二度と彼と会えなくなるのは辛い。

恋心を自分の胸に秘めたままにしておけば、いまの生活を続けることができる。

だが、それも辛そうだ。

「中延君、ちょっと出かけるから、なにかあったら電話して」

「はい」

ひとりで考えたくなった城戸崎は、中延に声をかけてギャラリーを出た。

恵比寿駅前の雑踏を抜け、どこに向かうともなく広い歩道を歩く。

「普通は拒絶するよなぁ……」

告白などしたら、優貴は驚くだけでなく、そんな目で見ていたのかと怒りを露わにするかもしれない。

「うーん……」

告白しなければ、彼を手に入れることはできない。

けれど、告白すれば彼を失ってしまうかもしれないのだ。

「あれは……」

悶々としつつ歩みを進めていた城戸崎は、反対側の歩道にいる翔太と優貴に気づいて足を止める。

「そんな時間か……」

ちょうど幼稚園から帰る時間だったようだ。

楽しげに会話をしながら翔太と歩く優貴の姿に目が釘付けになった。

彼を見ているだけで、愛しさが込み上げてくる。

「うん？」

二人が急に立ち止まったかと思うと、ゴールデンレトリバーを連れた若い女性と立ち話を始めた。

幼稚園の帰りにでも知り合ったのか、かなり親しげな様子だ。

優貴と女性がしきりになにか話していた。

彼もいつか誰かと恋に落ちる。

それが散歩の途中で出会った彼女の可能性だってあるのだ。

恋人ができてしまったら、住み込みの仕事など続けられるわけがない。

恋心を胸に秘めていれば、いまの暮らしが続けられるとはかぎらないのだ。

「パパー！」

こちらに気づいた翔太が、大きく手を振って呼びかけてきた。

「城戸崎さーん」

優貴も一緒になって手を振っている。

屈託のない彼の笑顔に自然と頬が緩んだ。

あきらめられるわけがない。

誰にも彼を渡したくない。

一気に湧き上がってきた驚くほどの独占欲。

「そっちに行くよ」

口に手を添えて大きな声をあげ、急ぎ足で横断歩道を渡る。

すでに犬を連れた女性の姿はなく、翔太と優貴がにこにこしながら待っていた。

「どこかに行かれるところですか？」

「いや、気分転換に散歩をしていたんだ」

「じゃあ、急いでいないんですね？」

「ああ」

「よかった。ちょっとお話があるんです」

なにかいいことでもあったのだろうか、やけに嬉しそうに見える。

先ほどの女性と付き合うことになったのだろうか。

そんな報告なら聞きたくない。

「僕、コミックスを出してもらえることになったんです！　なんか急に発売が決まって、来月には本屋さんに並ぶんですよ！」

優貴が興奮気味に一気にまくし立てた。

一瞬にして不安が吹き飛び、心の底から安堵する。

「おめでとう、よかったな」

「ありがとうございます。それで、あの……」

「なんだ？」

「お願いがあるんですけど……」

なにを言い難《にく》そうにしているのだろう。

吹き飛んだ不安が舞い戻ってきた。

「あの……コミックスの作業というのがあるんですけど、急だったからあまり時間がないんです。それで、半月ほど仕事を休ませてもらえないでしょうか？　勝手なことを言ってすみません」

「仕事のことなど気にしなくていいよ。半月くらいなら両親に子守をしてもらうから問題ない。だから、君はしっかり作業に集中するんだぞ」

「ありがとうございます」

優貴が深々と頭を下げる。

念願のコミックス化が決まり、さぞかし喜んでいることだろう。

これまでの頑張りを知っているからこそ、彼には納得がいくまで作業に取り組ませてやりたかった。

「明日からでいいのか？」

「はい」

「わかった。じゃあ、俺はギャラリーに戻るから」

大きくうなずいた城戸崎の袖を、それまでおとなしくしていた翔太が引っ張ってくる。

「パーパ、行っちゃうのー?」

「お仕事があるからな。パパが帰るまでいい子にしてるんだぞ」

「はーい」

しゃがみ込んで言い聞かせると、翔太は素直に返事をした。

なぜか彼は外でごねることがない。

聞き分けがよくて、本当に助かる。

「気をつけて」

優貴に声をかけた城戸崎は、ギャラリーへと足を向けた。

「これから漫画家として成功していくんだろうな……」

喜ばしいことなのに、複雑な思いだ。

若手が育っていくのは、どういった分野でもいいことだ。

できるかぎり応援したい。

それなのに、素直に優貴を祝えない自分がいる。

コミックスの発売を機に仕事が増えていくだろう。

彼も漫画を描くことだけに専念したいはずだ。

これまでのように仕事をしながら三人で暮らしていては、それができない。

漫画家として新たな一歩を踏み出した彼には、明るい未来がある。

彼の邪魔をしてはいけない。

優貴が好きだからこそ、彼の成功を願ってやまなかった。

「けじめをつけるべきだな」

ついに覚悟した。

けれど、いまは彼を動揺させたくない城戸崎は、コミックスが発売されるのを待ち、気持ちを伝えようと心に決めたのだった。

第十一章

念願のコミックス化が決定した優貴は、静かな自室で毎日、徹夜で作業をしている。

作業中に音楽を聴く習慣がない。

無音のほうが集中できるのだ。

「ふあぁ……」

根《こん》を詰めていた優貴は、背を伸ばして大きく伸びをする。

連載の最終回が掲載されたばかりでの決定だったから、担当編集者から連絡を受けても正直なところにわかには信じられなかった。

ようやく実感できたのは、コミックス作業の指示書が送られてきた瞬間だ。

けれど、いざ作業を始めて見ると、気合いばかり先走って、なかなか思うように進まないでいた。

締め切りまであと五日しかないから、焦りが募るばかりだ。

「千堂君、サンドイッチとコーヒーを持ってきたから、少し休憩しないか？」

ノックのあとに聞こえてきた城戸崎の静かな声に、あたふたと椅子から立ち上がってドアを開ける。

「すみません、いつも……」

「入っていいか？」

優貴は軽くうなずき、トレーを持っている彼を部屋に迎え入れる。

すでに入浴をすませている彼は、長袖のパジャマ姿だった。

コミックスの作業を始めてからは、城戸崎に迷惑をかけっぱなしだ。

仕事を休ませてくれたうえに、朝、昼、晩と、三食の用意をしてくれている。

それなのに、食事の時間すら惜しく感じられて、食べ損ねていることが多いのだ。

せっかく作ってくれた食事に手をつけないことに罪悪感を覚えても、どうしても作業を優先してしまう。

今日も夕食の時間に彼は声をかけてくれたけれど、結局、作業の手を留めることができずに食事を抜いてしまった。

「こっちで食べるか？」

「ええ」

ソファの前にあるテーブルにトレーを下ろした彼が、ベッドの端に腰を下ろす。

城戸崎の優しさに、胸がいっぱいになる。

優しくて頼もしい彼に、どんどん惹かれていく自分に気づいていた。

「いただきます」

サンドイッチを目にして急に空腹を感じた優貴は、彼に声をかけてソファに座った。

トレーに載っているウエットティッシュで手を拭き、タマゴとレタスがたっぷりと挟まったサンドイッチを取り上げる。

柔らかなパン、とろりとしたマヨネーズ味のタマゴ、シャキシャキとしたレタス。

具材はシンプルながらも、抜群に美味い。

優貴は無心でサンドイッチを食べ、コーヒーを啜った。

「それにしても、コミックスを出すのは大変なんだなぁ……いままで描いた原稿をまとめるだけなのかと思っていたよ」

足を組んで両手をベッドについている城戸崎を、口をもぐもぐさせながら見返す。

「カラーの表紙はどうにか仕上がったんですけど、本編の気になるところを直し始めたら収拾がつかなくなっちゃって……」

想定外の大仕事になってしまったことに自分で困惑している優貴は、苦笑いを浮かべて肩をすくめた。

カバーイラストが完成するまでに、丸三日かかってしまい、それから巻末に掲載するおまけの漫画を描き上げ、ようやく本編の直しを始めたのだが、先が見えない状態だ。

「はぁ、美味《おい》しかった……」

腹が満たされた優貴は、コーヒーを飲み干してひと息つく。

「ここで妥協をしたら、あとで後悔すると思うぞ」

「ええ、でも締め切りが……」

「確かに時間にはかぎりがある。だが、納得がいくまで精一杯やらなければダメだ。ずっとひとりで頑張ってきた君ならできる」

城戸崎が力強い口調で励ましてくれた。

深夜にもかかわらず食事を用意してくれただけでも有り難いのに、愚痴《ぐち》にまでつき合ってくれる彼には感謝しかない。

「後悔したくないです。夢にまで見た自分のコミックスだから、絶対に妥協しません。全力投球あるのみです」

初コミックスで失敗は許されない。

なにより、彼の励ましに応えたかった。

「その意気だ」

ベッドから腰を上げた彼が、テーブルからトレーを取り上げドアに向かう。

「とっても美味しかったです」

「俺は仕事を手伝ってあげられないが、料理なら喜んで引き受けるから、腹が減ったらいつでも言ってくれ」

「ありがとうございます」

ソファから立ち上がって深々と頭を下げた。

彼の言葉のひとつひとつに力づけられる。

厳しさの中にある優しさが、ひしひしと伝わってくるのだ。

「コミックスの完成を楽しみにしてるからな」

城戸崎はそう言い残して部屋をあとにした。

パタンとドアが閉まり、再び部屋が静寂に包まれる。

「さあ、続きをやるぞー」

彼と話をしていたのは短い時間でしかなかったけれど、信じられないくらいやる気が満ちてきた。

「城戸崎さんに早くコミックスを見てもらいたいなぁ……」

両手を高く上げて大きく伸びをした優貴は、机に戻って椅子に腰かける。

両親に漫画家という職業を認めてもらうために、初コミックスが出たら真っ先に見せるつもりでいた。

けれど、その思いは担当者からコミックス化の連絡をもらったときに変化した。

いまは誰よりも先に城戸崎に見てもらいたい。

彼と出会えたから、いまの自分がある。

いつも自分のことを気にかけてくれる優しい彼は、かけがえのない存在なのだ。

彼は漫画に興味がないようだけれど、初コミックスなら読んでくれそうな気がする。

「面白いって言ってくれるかなぁ……」

城戸崎に褒められたら、卒倒してしまいそうだ。

彼の反応がいまから気になってしかたない。

作業が終われば、あとはコミックスができあがるのを待つだけ。

これまでどおりの、三人での生活に戻ることができる。

早く城戸崎と一緒に食事の用意をしたい。

城戸崎と思う存分、話をしたい。

「さてと……」

締め切りまでに作業を終わらせるため、優貴は真剣な面持ちでモニターを見つめていた。

第十二章

幼稚園から戻った翔太は、リビングルームのソファに腰かけ、タブレットでお絵かきをしている。

数日前、小さな子供でも簡単に操作できる小型のタブレットを、城戸崎が翔太のために購入してきたのだ。

すぐに使い方を覚えた翔太は、それこそ寝る間も惜しんでお絵かきをしている。

楽しそうにしている彼を横目に見つつ、優貴は洗濯物を畳んでいた。

「まだかなぁ……」

帰宅してからずっとソワソワしっぱなしだ。

念願の初コミックスがようやく完成し、見本が届く予定だから落ち着いていられるわけがない。

「来た！」

最後の一枚を畳み終えたところで、待ちに待ったインターホンが鳴った。

さっと立ち上がった優貴は、インターホンに駆け寄る。

「はい」

宅配業者のために正面玄関のドアを解錠し、いそいそとリビングルームを出て行く。

もう完全に浮き足立っている。

先に玄関ドアを開け、宅配業者が来るのを廊下で待つ。

「こんにちはー」

間もなくして大きな段ボール箱が届けられた。

「ありがとうございました」

段ボール箱を持ってリビングルームに戻ると、先ほどまでお絵かきをしていた翔太が絨毯の上で仰向《あおむ》けになっていた。

「あれ？　寝ちゃったんだ……」

段ボール箱を床に下ろし、ソファに置いてある肌掛けを翔太にかけてやる。

今日は運動会の練習をしたと言っていたから、さすがに疲れてしまったのだろう。

再び段ボール箱を持ち上げ、彼を起こさないよう忍び足で自室に向かう。

「ふん、ふん」

鼻歌交じりで部屋に入り、床に下ろした段ボール箱をすぐさま開ける。

人生でもっとも緊張する一瞬。

「初めてのコミックス……」

空白を埋めるために詰め込まれたエアパッキンを取り出すと、ようやく同じエアパッキンに包まれたコミックスが姿を現した。

微《かす》かに震える手で取り出した包みを開け、コミックスをしみじみと見つめる。

「これが僕のコミックス……」

嬉しすぎて涙が出そうだ。

そっと一冊、手に取り、改めて表紙を眺める。

カバーの色校正を見せてもらったとき以上の感動が込み上げてきた。

ポリプロピレン加工され、帯が巻かれた表紙を何度も撫でる。

幾度となく挫折しそうになったけれど、城戸崎に励まされてようやく完成した。

彼がいなかったら、途中で妥協していたかもしれない。

満足がいく仕上がりまでもっていけたのは、彼のおかげだと言っても過言ではなかった。

「城戸崎さん……」

徹夜で作業を続けるあいだに気づいた彼に対する想い。

彼は失いがたい、本当にかけがえのない存在だ。

彼とずっと一緒にいたい。

こんなにも強い想いを抱いたのは生まれて初めてだった。

「早く帰ってこないかなぁ……」

初コミックスを胸に抱く。

早く城戸崎に見せたい。

「あっ……」

廊下を歩く足音に気づいて部屋を飛び出すと、城戸崎がリビングルームに入っていくのが見えた。

「お帰りなさい」

「ただいま」

「早かったですね？」

「コミックスの完成祝いパーティをしようと思ったんだ」

彼が両手に提げている紙袋を見せてくる。

「完成祝いパーティ……」

予想外すぎて感激してしまう。

城戸崎に祝ってもらえるのだから、これ以上、嬉しいことはない。

なんて素敵な人なんだろう。

「なにが入っているんですか？」

優貴は興味津々《しんしん》に紙袋を見つめる。

「お寿司とケーキ」

「おすしー」

急に目を覚ました翔太が、瞳を輝かせて城戸崎を見上げた。

「今夜はパーティだぞ」

「パーティ、パーティ」

理解しているのか、していないのかは不明だが、翔太がいつになくはしゃぐ。

「さあ、始めよう」

城戸崎が先頭を切ってダイニングキッチンに向かう。

翔太が続き、優貴もすぐあとを追う。

城戸崎がデコレーションケーキを箱から取り出し、テーブルの中央に置く。

こんな立派なケーキを目《ま》の当たりにするのは、いったいいつ以来だろう。

寿司折がテーブルに並ぶのは珍しくない光景になっているけれど、デコレーションケーキがあると一気に華やかな雰囲気になる。

お祝いをしてもらっているのだと、改めて実感した。

食事に必要な食器を揃え始めると、翔太が待ちきれないとばかりに寿司折の包装紙を剝《は》がし始める。

「千堂君、初コミックス完成、おめでとう」

食卓が調って三人が席に着いたところで、まず城戸崎が声をあげた。

あまりの嬉しさに優貴は涙ぐむ。

礼を言いたいのに、言葉にならない。

「お兄ちゃん、泣いてるのー？」

翔太は思いのほか目ざとい。

「ち、違うよ、ゴミが入っちゃったの」

慌てて誤魔化《ごまか》し、目を擦《こす》ってみせる。

城戸崎は笑っているけれど、なにも言わない。

涙の理由を彼はわかってくれているのだ。

からかうことなく、暖かな眼差しで見守ってくれている。

優しすぎてよけいに泣きそうになったけれど、翔太の手前、グッと堪《こら》えた。

「ケーキたべたーい」

寿司を三つほど摘まんだ翔太が、テーブルに身を乗り出す。

「ケーキはデザートだぞ」

「先がいいのー」

「ったく……今日は特別だからな」

大きなため息をもらしながらも、ナイフでケーキを切り分けた城戸崎が、翔太の皿に取り分ける。

「わーい」

目の前に置かれたケーキを見て、翔太が満足そうに笑う。

「たまにはビールでも飲むか？」

「はい」

優貴が間髪を入れずにうなずくと、彼はすぐさま立ち上がって冷蔵庫から缶ビールを持ってきた。

「翔太、ジュース飲むか？」

「のむー」

テーブルに缶ビールを置き、翔太のためにリンゴジュースを取ってくる。

パックからグラスにジュースを注ぎ、翔太の前に置いた彼が、缶ビールを開けて差し出してきた。

「ありがとうございます」

礼を言って受け取る。

普段は酒など飲まない。

さほど好きではないし、アルコールに強くもないからだ。

でも、いまは彼と乾杯をしたかった。

「おめでとう」

彼と乾杯をして、ひと口だけビールを飲んだ。

「ありがとうございます。城戸崎さんのおかげで、無事に初コミックスが完成しました」

「俺のおかげ？　君が必死に頑張ったから完成したんだぞ」

「でも、城戸崎さんのアドバイスや励ましがなかったら、満足のいく作品にならなかったと思います」

「役に立てたなら嬉しいよ」

彼が照れくさそうに笑ってビールを呷る。

初めて目にする表情に、胸がときめいた。

「今夜は格段に寿司が美味いな」

彼が寿司を食べながら、ゴクゴクとビールを飲む。

いつになくにこやかな彼を見つつ、優貴もビールを飲んだ。

苦いとしか思っていなかったビールが、今夜は美味く感じる。

「美味しい……」

寿司との相性が抜群にいい。

新たな発見をしたようだ。

「美味だろう？」

「はい」

満面の笑みでうなずく。

彼といると、幸せしか感じない。

この時間が永遠に続くことを心から願う。

「はふー、もうおなかいっぱーい」

ケーキを平らげた翔太が、椅子の背にもたれかかって頭を反らす。

すでに目がとろんとしている。

満腹になって眠気を催したようだ。

城戸崎の帰宅がいつもより早く、昼寝の途中で起きてしまったから、眠り足りていないのかもしれない。

「眠いのか？」

「うん」

「じゃ、風呂に入るぞ」

立ち上がった城戸崎が、翔太をバスルームに連れて行く。

パーティは呆気《あっけ》なくお開きになった。

けれど、不満などひとつもない。

城戸崎に祝ってもらえただけで満足なのだ。

「ごちそうさまでした」

最後の寿司を頬張り、ビールを飲み干す。

「さてと……」

二人が風呂に入っているあいだに、片付けをすませるのが日課になっている優貴は、運んだ食器を食洗機に入れ、翔太が食べ残した寿司と、箱にしまったケーキを冷蔵庫に入れる。

空になった寿司折、ビールの缶を、それぞれのゴミ箱に捨て、テーブルを拭き終えた優貴は自室に向かう。

「こういうときって一冊でいいのかな？」

段ボール箱から新たに取り出したコミックスを手に、しばし考える。

城戸崎が帰宅したら真っ先にコミックスを渡そうと思っていたけれど、すぐにパーティが始まってしまったのでタイミングを逃した。

風呂から上がって翔太を寝かしつけた彼が戻ってきたところで、礼を言って渡すのがよさそうだが、翔太のぶんも合わせて二冊にするべきなのだろうか。

「とりあえず、城戸崎さんのを……」

一冊だけ持って部屋を出た優貴は、リビングルームで城戸崎が戻ってくるのを待つ。

ソファに座ってしばらくすると、彼がバスローブ姿で現れた。

「コミックス発売、おめでとう。これで君も一人前の漫画家だな」

改めて祝いの言葉を口にされ、慌ててソファから立ち上がる。

「ありがとうございます」

「こちらこそ、いままでありがとう。俺も翔太も本当に楽しませてもらった。君には漫画家としての道を突き進んでほしい。これからは二冊目、三冊目が出せるように頑張って仕事に専念するんだぞ」

そう言った彼はいつになく穏やかな笑みを浮かべていたが、違和感を覚えた優貴は怪訝な顔で見返した。

（いままでありがとうって……）

別れを告げられたようにしか感じない。

（どうして……）

どう考えてもこの場に相応《ふさわ》しくない言葉だ。

なぜ彼が、いまここでそんな言葉を口にしたのかわからない。

胸がざわつき始めた。

けれど、住み込みで働く契約を交わしているけれど、期間は明記されていない。

城戸崎が契約を終了したいと考えているのであれば従うしかないだろう。

あまりにも急すぎて、なにをどう言えばいいのかわからなかった。

城戸崎たちと楽しく暮らした日々が、走馬灯のように頭を駆け巡る。

いろいろなことがあったけれど、どれもよい想い出ばかりだ。

三人で食事をして、翔太と遊んで、漫画を描く毎日が、どれほど満ち足りていたことか。

城戸崎と翔太には感謝の気持ちしかない。

（そうだ……）

優貴はあたふたとソファに置いていたコミックスを取り上げ、城戸崎に差し出す。

「これ、受け取ってください。一番最初に城戸崎さんに見てほしかったんです」

「ありがとう」

コミックスを受け取った彼が、しみじみと表紙を見つめる。

いつになく感慨深そうな表情だ。

「あの……最後のあとがきを……」

見つめるばかりでコミックスを開こうともしない彼を、はにかみながら促した。

「あとがき？」

眉根を寄せつつ、彼がページを繰っていく。

多くの漫画家はコミックスのあとがきで感謝の気持ちを綴《つづ》っている。

誰に感謝の気持ちを伝えようかという迷いなど、優貴は微塵《みじん》もなかった。

すべての感謝を城戸崎に捧げている。

どれほど彼のことが大好きで、かけがえのない存在であるかを、率直に描いた。

もちろん、捧げる相手の名前はイニシャルにしてあるけれど、本人が読めばすぐ気がつくはずだ。

「これは……」

あとがきに目を通していた城戸崎が、ハッとしたように顔を上げた。

「君が俺のことを……」

驚愕《きょうがく》の面持ちで見つめてくる。

いきなりすぎて彼は迷惑していただろうか。

でも、あとがきに記したのは、どうしても彼に伝えたかった嘘偽りのない自分の気持ち。

誰よりも好きだから、黙っているなんてできなかった。

本当に本当に大好きだから、勇気を出して思いを吐露したのだ。

(城戸崎さん……)

いつまでも真っ直ぐに向けられる視線に戸惑いを覚え、不安に駆られた優貴はさりげなく視線を逸らした。

(やっぱり……)

城戸崎は困っているのだ。

告白なんてしなければよかった。

気持ちばかりが先走ってしまい、彼を困惑させてしまった。

いまさらながらに後悔の念が脳裏を過ぎる。

「あっ……」

城戸崎にひしと抱きしめられ、ハッと息を呑む。

「こんなことがあるなんて……信じられない……」

「城戸崎さん？」

声を震わせる彼を、上目遣いで見た。

「こんなふうに告白をされるなんて予想外もいいところだ……まさか君に先を越されるなんて……」

彼の言っていることが理解できず、見つめたまま首を傾げる。

「千堂君、俺、君が好きなんだ。だから、ずっと君と暮らせたらと思っていた……」

いつになく嬉しそうな笑みを浮かべている彼を、驚きに目を瞠って見つめた。

「僕のことを？　好き……なんですか？」

ただただ彼を見つめた。

「そうだ、君のことが好きなんだ」

城戸崎が微笑んだまま うなずく。

「好き……」

片想いで終わると思っていたから、衝撃的すぎてぽかんとしてしまう。

直接、告白などできそうにないから、あとがきに正直な気持ちを綴ってしまった。

そんなことをしたら、呆れた彼に解雇を言い渡されるだろうと思っていた。

でも、たとえ恋が叶《かな》わなかったとしても、募る思いを胸に秘めておくことができそうになかったのだ。

「俺は男だけど、君を好きになってしまった。こんな告白をされても困るだけだと思っていた。だから俺は、漫画家としての夢を叶えた君のこれからを考えて、潔く身を引くつもりでいたのに……」

表情を真剣なものへと変えた彼が、真っ直ぐに熱い眼差しを向けてきた。

好きだからこそ邪魔をしたくないと思うなんて、どこまで優しいのだろう。

胸を熱くする真摯《しんし》な瞳と言葉に、返す言葉が上手く見つけられない。

「えーっと……その……」

なにをどう言えばいいのだろう。

大好きな城戸崎から、好きだと告白された。

(これって両想い……)

まさに青天の霹靂《へきれき》だ。

「俺のこと好きなんだよな?」

「はい、大好きです」

迷うことなく答えると、彼は感極まったように天井を見上げた。

「あの……ずっとここで暮らしていいんでしょうか?」

「これからもずっと、ここで俺たちと一緒に暮らして欲しい」

「嬉しい……」

思わずもらした言葉に、城戸崎が破顔する。

「あっ……」

より力強く抱きしめられ、鼓動が跳ね上がると同時に喜びが込み上げてきた。

「城戸崎さん……」

嬉しさのあまり、彼にしがみつく。

初コミックスが届いたその日に、恋が叶うなんて信じられない。

まるで夢を見ているかのようだ。

「千堂君……」

腕を緩めた彼が、息が触れ合うほどの距離で見つめてくる。

顔が近すぎて恥ずかしさを覚えた瞬間、おもむろに唇を塞がれた。

「んんっ……」

生まれて初めてのキス。

火が点《つ》いたように、一瞬にして体温が上がる。

抱き合ったままソファに押し倒され、思いきり唇を貪《むさぼ》られた。

どうしたらいいのかわからない優貴は、為《な》すがままになっている。

唇を舐《な》められ、歯列を割られ、口内を舌でまさぐられ、気がつけば全身が脱力していた。

彼の背に回している両手が、力なく滑り落ちる。

キスがこんなにも気持ちいいなんて知らなかった。

ソファに沈んだ身体が、蕩《とろ》けていくようだ。

こんなふうに恋が叶ってしまっていいのだろうか。

ここで暮らし始めてから楽しいことずくめ、いいことずくめだから、どこかで罰《ばち》が当たるのではないかと不安になってくる。

「ふっ……んん」

繰り返しキスをされ、勝手に甘ったるい声がもれてしまう。

大好きな城戸崎に抱きしめられて、キスをされて、とてつもない幸せを感じている。

「優貴……好きだよ」

耳元で囁《ささや》かれ、全身がカーッと燃え盛った。

初めて名前で呼ばれた。

ただそれだけのことなのに、喜びが湧き上がってくる。

「パパー」

突如、聞こえてきた翔太の声に、二人同時に硬直して顔を見合わせた。

「翔太、どうした？」

呼びかけながら起き上がった城戸崎が、乱れたバスローブをあたふたと整え、急ぎ足でリビングルームを出て行く。

「びっくりした……」

優貴も急いで身体を起こし、乱れた着衣を直す。

子供部屋は離れているから、物音で目を覚ましたとは考え難い。

トイレに行きたくなったか、悪い夢でも見て目を覚ましたかのどちらかだろう。

それにしても、子供部屋を出たところで声を上げてくれて助かった。

「見られなくてよかった……」

ソファに座ったまま大きく息を吐き出す。

「いっしょにねるー」

「いつもひとりで寝てるだろう?」

「パパといっしょがいいのー」

「しょうがないなぁ……」

二人の会話が聞こえてきた。

翔太に愚図《ぐず》られてしまえば、城戸崎も折れるしかないのだろう。

「城戸崎さん、戻ってこれなそう……僕も寝ようかな……」

今夜はさすがに漫画の仕事は休みだ。

なにしろ、初コミックスが届いた記念の日というだけでなく、初恋が成就した日なのだから、仕事など手につくわけがない。

ソファから腰を上げた優貴は、リビングルームの明かりを消して廊下に出て行った。

＊＊＊＊
「どうしようかなぁ……」

パジャマ姿でベッドに腰かけている優貴は、先ほどから届いたばかりのコミックスを迷い顔で見つめている。

自室に戻ってからシャワーを浴びて着替えをすませたけれど、妙に目が冴《さ》えて眠れないでいた。

とはいえ、仕事をする気にはなれなかったため、初コミックスの出来映えを確認しようと手に取ったところで、両親のことを思い出したのだ。

完成したコミックスを実家に送るべきか、それとも持参するべきかを悩んでいる。

就職をしないで勝手な道に進んだために勘当されてしまったけれど、きっと両親は心配しているはずだ。

　このまま音信不通の状態が続くのはよくないことだし、名の知られた出版社からコミックスが発売されたとわかれば、両親も考えを変えてくれるだろう。

「でも……」

　いきなり実家に帰って両親と顔を合わせるのは、ちょっと躊躇いがある。

「段階を踏んだほうがいいか……」

　まず手紙を添えてコミックスを送り、それから帰省したほうが両親と話がしやすいような気がした。

　突如、ノックの音が響き、優貴はドキッとする。

「は、はい」

　反射的に返事をしたものの、鼓動が跳ね上がって身動きが取れない。

「どうしよう……」

　この時間に訪ねてくるのは翔太ではなく城戸崎しか考えられない。

　朝まで会えないと思っていたから、部屋まで来てくれたのは嬉しい。

　でも、それ以上に気恥ずかしい。

　両想いだったとわかっただけなく、キスまでしてしまったから、どんな顔をして彼と向き合えばいいのかわからなかった。

「入っていいかな?」

「ど……どうぞ……」

上擦った声で返事をすると、静かにドアが開いて城戸崎が入ってきた。

羞恥《しゅうち》と緊張に顔を上げられない。

「添い寝をしてやったらようやく眠ってくれたよ」

翔太を寝かしつけてきたらしい彼が、ベッドに歩み寄ってくる。

「途中でほったらかしにしてしまって、すまなかった」

詫《わ》びながら隣に腰かけた彼が、さりげなく腰を抱き寄せてきた。

鼓動がさらに速まり、相変わらず顔を上げることができない。

「今夜は君を離さない……」

持っていたコミックスを取り上げた彼が、サイドテーブルに置いてこちらに向き直る。

「優貴、好きだ」

耳元で甘く囁いた彼にキスされ、ベッドに押し倒される。

「ん……ふっ……」

重ねられた唇が、先ほどよりも熱い。

濃厚なキスに、体温が上がっていく。

「あっ……」

キスに溺《おぼ》れていた優貴は、パジャマのズボンの上を這《は》い回り始めた手に気づき、パッと目を開く。

「君のすべてがほしいんだ」

吐息交じりの声をもらした彼が、唇を首筋に押し当ててくる。

恋愛の経験は皆無で、いまだ童貞だ。

でも、彼がなにを欲しているかくらいは理解できる。

お互いに好きだとわかったばかりで、いきなりセックスをするのはどうなのだろう。

けっして、怖いとか、嫌だとか、そういった感情があるわけではない。

「あの……」

「うん？」

片肘《かたひじ》をベッドについて上体を浮かせた彼が、どうしたと言いたげに見つめてくる。

「僕としたいんですか？」

思わず真面目に訊いてしまった。

意外にも冷静な自分に驚く。

でも、城戸崎が衝動を抑えられないくらい昂揚《こうよう》しているなら、気持ちに応えてもいいように感じ始めていた。

「性急すぎるか？」

「そういうわけでも……」

「君を手に入れることはできないと、俺ははじめから諦めていたんだ。だから、告白だけして終わりにするつもりだった。それなのに……」

城戸崎が柔らかに笑う。

自分だけに向けられる、魅惑的な微笑み。

それを独り占めできるのだ。

「俺はもう……」

途切れた言葉の先は容易に想像がつく。

「我慢の限界なんですね？」

彼が笑ってうなずく。

好きになった者同士が結ばれるのは自然の成り行き。

好きだからこそ、身も心も欲するのだ。

彼が大好きだからこそ、望みを叶えてあげたかった。

「城戸崎さん……好き……」

にこやかに想いを伝え、両の手を彼の背に回して身を委《ゆだ》ねる。

「俺もだ」

短く言った彼が、再び唇を重ねてきた。

彼が与えてくれるキスはどこまでも甘い。

うっとりと目を閉じ、すべてを彼に任せる。

唇を重ねたまま、優貴が穿《は》いているパジャマのズボンに手をかけてきた。

服を脱がされていく恥ずかしさに、彼の下で身じろぐ。

でも、すぐすべてを任せると決めたのだと思い直した。

下着もろともパジャマのズボンが脱がされて下肢が露わになると、さすがにじっとしていられなくなる。

「やっ……」

城戸崎にしがみつき、真っ赤に染まった顔を埋《うず》めた。

「優貴は可愛いな」

笑いを含んだ声をもらした城戸崎の身体が遠ざかる。

急にどうしたのだろうかと、優貴はそっと目を開けてみた。

膝立ちになっている彼があっさりとバスローブを脱ぎ捨て、逞《たくま》しい裸体を晒《さら》す。

すでに彼自身は興奮状態にある。

とてつもない羞恥を覚え、両手で顔を覆い隠した。

「恥ずかしい？　でも、これが本当の俺だ」

そんなことを言いながら、優貴が着ているパジャマのボタンを外し始める。

いったん覚悟を決めたのだから、もうどうにでもなれとばかりに開き直り、抵抗するのをやめた。

シャツばかりかTシャツも脱がされ、あれよという間に生まれたままの姿にさせられてしまう。

「優貴……」

身体を重ねてきた城戸崎が甘く囁き、肌を掠《かす》めた吐息のくすぐったさに肩を窄《すぼ》める。

「ひぇっ」

胸をさわさわと撫でられ、引き攣《つ》った声をもらし、身を強張《こわば》らせる。

「感じやすいんだな？」

小さな突起を指先で摘まれ、甘ったるい痺《しび》れが走り抜けた。

「んっ、んふ……」

生まれて初めて味わう感覚に、小さく身体を震わせる。

「可愛らしい声だ」

喘《あえ》ぎ声にさらに昂揚したのか、彼が執拗に乳首を弄《いじ》り出す。

普段はまったく意識などしない場所だ。

それなのに、触れられて感じていることに驚く。

「ああっ……く……ふっ……」

自分の甘い喘ぎに羞恥を煽《あお》られる。
どこからこんな声が出るのだろう。
恥ずかしくてしかたない。
けれど、乳首を弄られて弾ける快感に抑えようもなく声が零れ落ちる。
しばらく胸を弄《もてあそ》んでいた城戸崎の手が、するりと下腹へ滑り落ちていく。
そのまま剝《む》き出しの己を掌《てのひら》で包まれ、腰が跳ね上がった。
「はっ……」
あまりの驚きに息が詰まる。
彼はまったく躊躇いがなかった。
掌に収めた己を、やんわりと揉《も》みしだき始める。
「あふっ……んん……」
喘ぎがいっそう大きくなった。
じんわりと広がってくる熱い痺れが、なんとも心地よくてたまらない。
「よかった、ちゃんと反応した」
安堵の声をもらした城戸崎が、己を手早く扱《しご》き始めた。
先ほどよりも強い刺激に、とめどなく快感が弾ける。
いますぐ逃げ出したいほど恥ずかしい。

でも、心とは裏腹に、己は熱を帯びて硬くなっていた。

「ひっ、い……ん、ああっ」

すっかり勃《た》ち上がった己を扱かれ、先端を撫で回され、強烈な快感が股間で渦巻く。

それは、とても馴染みのある感覚だった。

「あっあぁ……うぅん……」

「気持ちよさそうだ」

城戸崎の声は冷静ながらも、首筋をかすめた息はひどく熱い。

かなり興奮しているようだ。

「やっ……んんっ、んんっ……城戸崎さん……」

抗いがたい射精感が、一気に押し寄せてきた。

吐精したい一心で、彼にしがみつく。

「もう限界なのか？」

しがみついたまま、コクコクとうなずく。

もう一秒の我慢もならない状況だ。

「わかった、少しだけ待ってくれ」

そう言った彼に抱き寄せられ、脚を持ち上げられる。

彼はその脚を自分の腰に引っかけたかと思うと、露わになった尻のあいだに手を差し入れてきた。

「ひゃっ」

唾液に濡れた指先で秘孔を撫でられ、切羽詰《せっぱつ》まった射精感も吹き飛ぶ。

「すぐに気持ちよくなるから力を抜いていてくれ」

彼の言葉どおりに、力を抜くなどとうていできない。

自ら触れたことがない場所を弄られているのだから、逆に力が入ってしまう。

「息を吐くんだよ」

優しく促してきた城戸崎が、従うより早く指で秘孔を貫いてくる。

「うっ……」

急激な異物感に顔をしかめ、きつく唇を噛《か》みしめた。

こちらのことなどお構いなしに、彼は柔襞《やわひだ》を押し広げるようにして、差し入れた指を繰り返し動かしてくる。

「やっ……お願い……やめて……」

異物感が耐えがたく、さすがに弱音を吐いてしまった。

けれど、彼は聞き入れてくれることなく、さらなる奥へと指を進めてくる。

異物感、痛み、羞恥に、身体を捩《よじ》り、足をばたつかせて抗う。

「往生際が悪いぞ」

呆れたように笑った城戸崎が、秘孔に差し入れた指を大きく動かす。

「いっ……あぁぁ――――っ」

強烈な快感が内側で弾け、優貴は弓なりに背を反らす。

「あっあぁ――――ぁあぁ……」

一瞬にして達してしまった。

そう思ったのに、まったく吐精していない。

なにが起きたのかさっぱりわからなかった。

「そんな声で煽らないでくれ」

城戸崎の声からは、もう余裕が感じられない。

優貴がもらす喘ぎ声にそそられた彼は、興奮状態もマックスに近いのだろう。

「うん……」

前置きもなく指を抜かれ、唐突な異物感に顔をしかめる。

「優貴、忙しなくてすまない」

申し訳なさそうに言った城戸崎に両足を担がれ、怒張の先端を秘孔にあてがわれた。

「ひっ……」

熱の塊を秘孔に感じて逃げ腰になったけれど、強引に貫かれる。

身を引き裂かれるような痛みに声も出ない。

代わりに冷や汗がどっと噴き出してきた。

かつて味わったことがない激痛に、汗ばかりか涙まで溢れてくる。

「大丈夫か？」

城戸崎が心配げに見下ろしてきた。

大丈夫なわけがない。

言葉にならないくらい痛みが酷い。

身体を繋げ合うことが、これほど辛いとは思ってもいなかった。

それでも、この先になにが訪れるのか知りたい。

大好きな城戸崎と身体を繋げているのだから、痛みだけを感じて終わるわけがない。

優貴は涙に潤《うる》んだ瞳で彼を見つつうなずいた。

安堵したように目を細めた彼が、ゆるゆると腰を使い始める。

身体を大きく揺さぶられるたびに、痛みが倍増していく。

うなずいたことを後悔しそうになったそのとき、痛みに縮こまっている己を彼が掌で覆ってきた。

手早く扱かれ、湧き上がってきた快感に力が抜けていく。

「んふっ」

再び己が勃ち上がり、自然と意識がそこに向かう。

「あっあっ……ひ……ぃあ」

丹念な愛撫《あいぶ》に、いったんは消えた射精感が再び湧き上がってくる。

秘孔の痛みなどすっかり忘れていた。

射精感は強まるばかりで、なだらかな下腹が妖《あや》しく波打つ。

迫り来る限界に、優貴は無心で腰を前後させる。

「くうっ……」

短く呻《うめ》いた彼が、いきなり抽挿《ちゅうそう》を速めてきた。

動きが荒々しくなっている。

「はぅっ……ん、あぁぁ」

硬く張り詰めた己をリズミカルに扱かれ、何度も最奥を突き上げられ、彼にしがみついて身悶《みもだ》える。

身体が派手に上下するほど激しく腰を使われ、渦巻く奔流に飲み込まれていく。

「あっ……うぅ」

ついに極まった。

腰を浮かせ、息んで吐精する。

と同時に、腰を押しつけてきた彼の動きが止まった。

「くっ」

聞こえてきた短い呻き。

その直後、熱い迸《ほとばし》りを内側に感じ、優貴は深く息を吐き出す。

「はあ……」

「優貴……」

天井を仰いで静止していた彼が、担いでいる優貴の脚をそっと下ろした。

静かに繋がりが解かれ、大きな身体が重ねられる。

「はふっ」

急激な重みを感じて、一瞬、息が詰まりそうになったけれど、肌を直《じか》に触れ合わせる心地よさに知らず脱力した。

全身が気怠《けだる》さに包まれている。

ひとつになり、ともに達した喜びが沸々と湧き上がってきた。

「俺が急いたばかりに、辛い思いをさせてすまなかった」

やんわりと抱きしめてきた彼を、疲れ切った顔で見返す。

詫びる必要なんてない。

痛みを我慢した先にあったのは、かけがえのない城戸崎と結ばれた喜びだけだったのだから。

「そんな顔しないでください。僕、すごく幸せなんです」

「優貴？」

「だって、城戸崎さんが大好きだから」

そう言ったものの、恥ずかしくなって目を逸らす。

「優貴……」

感極まったような声をもらした彼が、優貴の肩口に顔を埋めてくる。

愛しさを覚え、彼の背を抱きしめた。

応えるように、彼がきつく抱きしめてくる。

「城戸崎さん……」

彼が静かに顔を起こす。

熱に潤んだ瞳で見つめ合い、どちらからともなく唇を重ねる。

恋が叶い、そして結ばれた優貴は、このうえない幸せに酔いしれていた。

第十三章

ベッドで目を覚ました優貴は、ぼんやりと天井を眺めている。

昨夜は城戸崎と一緒に過ごしていたはずなのに、どうしてひとりで寝ているのかわからない。

「もう八時を過ぎてる……」

スマートフォンで時間を確認し、のそのそと起き上がる。

彼はとうに目を覚まして食事の支度を始めているに違いない。

身体のあちこちが痛い。

痛みを感じたとたん、昨夜の出来事がまざまざと蘇《よみがえ》ってきた。

「どうしよう……」

幸せいっぱいの気分なのに、城戸崎と顔を合わせるのが妙に恥ずかしい。

とはいえ、ベッドでうだうだしているわけにはいかないだろう。

また、熱でも出したかと心配して、彼は部屋に様子を見に来てしまう。

とにかく、シャワーを浴びて着替えをすませ、ダイニングキッチンに行こう。

「よいしょっと……」

ベッドから出た優貴は、痛みを堪えつつシャワールームに向かう。

熱いシャワーを頭から浴び、汗とともに疲れを洗い流す。

すっきりしたところでシャワールームを出て着替え、ダイニングキッチンに向かう。

廊下を歩いていると、バターのいい香りが漂ってきた。

「オムレツかな？」

いつも朝食作りを手伝っているけれど、メニューを決めるのは城戸崎だ。

だから、ダイニングキッチンに行くまでのあいだが楽しみでならない。

「おはようございます」

緊張の面持ちで挨拶をして入って行くと、調理の真っ最中の城戸崎が振り返ってきた。

心配になるくらい、鼓動が速くなる。

「おはよう」

いつもと変わらない爽やかで優しい笑顔に、すぐさま緊張が解けていく。

「翔太がまだ起きてないんだ、呼んできてくれないか」

「あっ……はい」

あたふたと子供部屋に向かう。

ノックをしても返事がない。

目覚ましは七時にかけているはずだから、止めて寝てしまったのだろう。

昨夜は城戸崎に添い寝をしてもらったから、いつになく熟睡できたのかもしれない。

ドアを開けて中に入ると、翔太はすやすやと眠っていた。

「翔太くーん、朝だよー」

勢いよく肌掛けを捲《めく》り、小さな肩を揺する。

「むにゃむにゃ……」

寝返りを打って背を向けてしまう。

目覚めはいいはずなのに珍しい。

「翔太君、起きようね」

先ほどより強く肩を揺すり、半ば強引に彼を起こす。

「うーん……」

ようやく目を開けた彼が、パチパチと瞬《まばた》きをする。

「おはよう」

顔を近づけると、目をぱっちりと開けた。

「おはよー」

「さあ、顔を洗ってお着替えするよー」

翔太をベッドから連れ出し、洗面所へと連れて行く。

子供の成長は早く、最近では手伝うこともかなり減ってきている。

それでも、時間がないときは本人に任せっぱなしにはできない。

歯みがき、洗顔を見守り、一緒に子供部屋に戻って着替えをさせる。

「おなかすいたー」

「昨夜、お寿司を残しちゃったからだよ」

「そっかー」

「朝ご飯はちゃんと食べようね」

会話をしながら、制服に着替えている彼の横でパジャマを畳む。

「はい、よくできました」

きちんと制服を着られたことを褒めてやり、通園バッグと帽子を渡す。

「ごはんだぞー」

ダイニングキッチンから城戸崎の声が聞こえてきた。

翔太と一緒に子供部屋を出て、リビングルームに寄って通園バッグと帽子を置き、城戸崎が待つダイニングキッチンに行く。

すでに朝食の用意は調っていて、あとは座って食べるだけだ。

「あー、オムレッツー」

ふっくらと焼き上がったオムレツを見て、翔太が歓声をあげた。

「お星さまかいちゃおうっと」

自分の席に着いた彼がテーブルからケチャップを取り上げ、黄色いオムレツに星を描き始める。

お絵かきが好きなだけあり、ただ中央に星を描くのではない。

中央に描いた大きな星の後ろに三本のラインを引き、左右の余白に小さな星を点々と描いていく。

「流れ星？」

「そうだよー」

「上手に描けたね」

「ふふっ」

隣に座った優貴が褒めると、翔太は嬉しそうに笑った。

「おっ、流れ星か、よく描けてるじゃないか」

「でしょー」

最後に座った城戸崎が褒めると、翔太は得意げにあごを上げた。

「さあ食べよう」

「いただきまーす」

三人での食事が始まる。

描いたばかりの星が消えないように、翔太は慎重に端から食べていく。

そんな翔太を見つめる城戸崎は、穏やかな笑みを浮かべていた。

いつもと変わらない日常がここにある。

これからも彼らと暮らしていけるのが嬉しくてたまらない。

三人で囲む食卓が楽しくてしかたない。

「そうだ、今日のおやつには昨日のケーキを出してくれないか」

「わかりました。でも、かなり余ってしまうと思いますよ」

「帰ってきたら俺も食べるよ」

「それでも残りそうですけど？　三人しかいないのに、あのケーキは大きすぎたんですよ」

「お祝いだから奮発したんだぞ」

城戸崎が不機嫌そうにフォークの先でオムレツを突《つつ》く。

悪気もなく言ってしまった優貴は、にわかに慌てる。

「けんかしたらダメなのー」

不穏な空気を感じ取ったのか、テーブルに身を乗り出した翔太が、制するように両手を大きく広げた。

「喧嘩《けんか》なんかしてないぞ」

城戸崎が同意を求めるような視線を投げかけてくる。

「ケーキが余っちゃったら困るねーってお話をしてただけだよ」

二人して翔太を宥めた。

「ケーキならボクが食べるからだいじょーぶ」

「翔太は頼りになるなぁ」

「でしょー」

翔太が嬉しそうに笑う。

いつもの彼に戻ったようで安心した。

「ごちそうさまー。ハミガキしてくるー」

食事を終えた翔太がぴょんと椅子から飛び降り、ダイニングキッチンを出て行く。

寝坊をした自覚があるのか、彼なりに急いでいるらしい。

「さっきはすまなかった」

「僕こそよけいなことを言ってすみませんでした」

翔太の前では言葉に気をつけなければと肝に銘じる。

「パパー、早くー」

翔太に急かされて立ち上がった城戸崎が、上着を着てネクタイの結び目を整えた。

優貴も席を立ち、彼と一緒に玄関に向かう。

通園バッグを背負い、帽子を被った翔太が、運動靴を履いて待っている。

城戸崎が革靴を履きながら玄関のドアを開け、翔太を先に行かせた。

「行ってくるよ」

振り返りざま、彼にキスされる。

一瞬にして心拍数が上がり、顔が火照《ほて》り出す。

「い……いってらっしゃい」

平静を装いつつ彼を送り出し、ドアを閉めて鍵をかける。

「もう……いきなりキスとか……」

まるで、新婚の夫婦みたいで妙に恥ずかしい。

これからは、送り出すときのキスが普通になるのだろうか。

もしかしたら、帰ってきたときもキスをしてくれるかもしれない。

翔太の目を盗んでこっそり交わすキス。

後ろめたいけれど、考えただけで頬が緩んでくる。

「ふふ……」

ひとりニマニマしながらダイニングキッチンに戻り、食事の後片付けを始めた。

「なんか今日は仕事が捗《はかど》りそう」

これほど満ち足りた気分の朝があっただろうか。

やる気が漲《みなぎ》っている。

せっせと後片付けをする優貴は、生まれて初めて味わう幸福感に浸っていた。

楽しい休日

城戸崎《きどさき》と翔太《しょうた》が暮らすマンションで同居生活を始めて三ヶ月が過ぎ、優貴《ゆうき》はすっかり家族の一員となっている。

仕事を終えて帰宅した城戸崎と一緒に夕食の準備を調え、いつものように翔太と三人でダイニングキッチンのテーブルを囲んでいた。

着替える間も惜しんで料理に取りかかる城戸崎は、スーツの上着こそ脱いでいるが、ネクタイは締めたままだ。

もう少し手際よく調理ができるようになれば、彼も着替える時間が取れるのにと思う優貴は、必死に料理に取り組んでいる最中だった。

「ねー、明日、どうぶつえんに行こうよー」

城戸崎お手製のオムライスを夢中で食べていた翔太が、ふと思いついたように大きな声をあげた。

「動物園は月曜日がお休みなんだよ」

「えー」

翔太の桜色の頬《ほお》が、さも不満そうに膨らむ。

今日、幼稚園でお遊戯の発表会が行われたため、明日は振替休日で休みとなる。

城戸崎の休日と幼稚園の休みが重なるのは珍しい。

せっかくだからみんなで出かけようかという話をしていたのに、すかさず却下されたから

のか？」

「動物園のお休みは決まっているんだからしかたないだろう。他に行きたいところはないのか？」

唇を尖《とが》らせている翔太を宥《なだ》めつつも、優しく促す。

行き先の決定権は、とうぜんながら翔太にある。

翔太が行きたい場所、楽しく遊べる場所であれば、城戸崎もあえて反対したりするはずがない。

とはいっても、目的地が休みであれば却下せざるを得ないのだ。

（動物園がダメなら遊園地かな？）

幼稚園に通う子が行きたい場所はどこだろう。

優貴はオムライスを頬張《ほおば》りながら考える。

三人で遠出をするのは初めてだから、楽しみでしかたない。

早起きをしてお弁当を作ったり、出かけるための準備をすることを考えるだけでワクワクしてくる。

「じゃあ、〈クマさんランド〉に行くー」

「翔太、〈クマさんランド〉に行くなら早起きしないとダメだぞ」

「早おきできるもーん」

翔太が得意げにあごを突き出す。

「うーん……〈クマさんランド〉かぁ……」

なんの気なしにつぶやいた優貴を、城戸崎と翔太がどうしたと言いたげに見つめてきた。

「お兄さんは〈クマさんランド〉がいやなのー？　なんでー、なんでー？　〈クマさんランド〉がきらいなのー？」

「えっ、そうじゃなくて……」

翔太から問い詰められ、不用意につぶやいてしまった優貴は慌てる。

「なにか問題があるのか？」

城戸崎までが訝《いぶか》しげな視線を向けてきた。

「いえ、〈クマさんランド〉がいやなわけではなくて、あそこだとお弁当を持って行けないなぁと思って……」

「うん？　お弁当？」

彼がさらに眉根を寄せる。

「みんなでお出かけするの初めてだし、お弁当とかお菓子とか持って行って食べたいじゃないですか。でも、〈クマさんランド〉は持ち込み禁止だったような……」

正直に話した優貴を見て、城戸崎が待てよと言いたげな顔で考え込む。

「いや、確か食べるところがあったはず……」

「そうなんですか？」

「ちょっと待って」

彼はそう言うなり、椅子《いす》の背にかけている上着からスマートフォンを取り出して検索を始める。

「お弁当もって〈クマさんランド〉にいくのー？」

翔太がキラキラと瞳を輝かせて優貴を見上げてきた。

「パパが調べてくれてるから、ちょっと待ってね」

「はーい」

素直に返事をした翔太が、城戸崎に視線を移す。

「ああ、これだな……」

城戸崎がスマートフォンをテーブル越しに差し出してきた。

「こんなエリアがあったんですね！　じゃあ、お弁当を持って〈クマさんランド〉に行きましょう」

「わーい、わーい、お弁当だー」

食事ができる場所があることを確認して声を弾ませた優貴に続き、翔太がはしゃいだ声をあげた。

「明日は早起きだぞ、いいな」

「はーい」

城戸崎に念を押され、翔太と声を揃《そろ》えた優貴は顔を見合わせて笑う。

どんな弁当を作ったら、翔太は喜んでくれるのだろうか。

見た目が楽しくて、美味《おい》しい弁当を作ってあげたい。

城戸崎と一緒に、翔太のために弁当を作れることが嬉《うれ》しい。

三人で遊園地に行くことになるなんて、ここで暮らし始めてからは想像もしていなかったから余計に気持ちが昂揚《こうよう》した。

「パパー、ねるー」

「もう寝るのか？」

「だって明日は早起きするんだもーん」

早々に食事を終えた翔太が、椅子からぴょんと飛び降りる。

「じゃ、風呂に入るか。戻ったら食べるから、これ残しておいて」

呆《あき》れ気味に笑いながらも席を立った城戸崎が、翔太を連れてダイニングキッチンを出て行く。

「行ってらっしゃーい」

声をかけた優貴は、のんびりと食事を続ける。

翔太を風呂に入れて寝かしつけたあとに、城戸崎はビールでも飲みながら残りを食べるつもりなのだろう。

明日は早起きになると言われたせいで翔太は気が急《せ》いてしまったのだろうが、実際には普段と起床時刻はさほど変わらないはずだ。

「どんなお弁当がいいのかなぁ……」

優貴はあれこれ思いを巡らせながら、オムライスを食べていた。

＊＊＊＊＊

城戸崎が運転する車で〈クマさんランド〉まで来た優貴達は、開園時刻を少し待って入園した。

翔太はワッペンがついたクリーム色のトレーナーに、紺色の半ズボンを合わせ、赤い運動靴を履いている。

オフ仕様の城戸崎は白い長袖のシャツに、黒い細身のパンツを合わせていた。

飾り気のないシンプルなスタイルながらも、均整の取れた長身だからことさら格好よく見える。

ファッションに興味がない優貴は、いつもと変わらないシャツとデニムパンツの組み合わせだ。

都心から近い〈クマさんランド〉は人気のテーマパークだけあり、平日だというのに多くの客で賑《にぎ》わっていた。

アトラクションによっては開園早々、行列ができていたけれど、五歳の翔太が乗れるものは限られていて、あまり待つこともなく午前中には制覇してしまった。

存分に遊んだあとの楽しみは弁当であり、正午を前に早くもランチタイムに突入することとなり、食事ができるエリアに移動してきた。

広々として眺めのよい食事用のエリアには、パラソル付きの丸いテーブルが幾つも用意されていた。

まだ時間が早いこともあってか、食事をしている人はほとんどいない。

場所もテーブルも選び放題だ。

「ここがよさそうだな」

城戸崎が暖かな陽射《ひざ》しに包まれたテーブルを選び、三人で腰かける。

クーラーボックスに入れてきた弁当は、駐車場で大きなバスケットに移し替えてから運んできた。

弁当、水筒、紙皿やコップなどが収まっているバスケットは、まさにピクニックといった雰囲気を醸している。

「翔太君、端っこ持って広げてくれる？」

まずはテーブルクロスを取り出し、翔太と一緒に広げてかけた。

皺《しわ》がないように手で綺麗《きれい》にのばし終えると同時に、城戸崎がバスケットの中身をテーブルに並べ始める。

「これなーに？」

テーブルの中央に置かれた三段の重箱を見て、目を丸くした翔太が手を伸ばす。

「まだ開けたらダメだぞ。全部、揃ってからお楽しみだ」

やんわりと窘《たしな》めた城戸崎が、小さな手を優しく払う。

翔太はまだ弁当を見ていない。

昨夜、城戸崎と相談をして翔太より早起きし、見つからないように二人で弁当作りをしたのだ。

どんな弁当なのか知りたくてたまらない翔太は、テーブルに身を乗り出して重箱を見つめている。

期待に満ち満ちた大きな瞳が、いつになく愛らしい。

「まーだ？」

「もうちょっとね」

急かす翔太に声をかけつつ、ランチの準備を調えていく。

いつもとまったく異なる場所と風景に、どんどん気分が昂《たか》まっていった。

つい先ほどまではたいした空腹感もなかったというのに、いまでは早く食べたくなっているから不思議だ。

「これで全部だな」

「もう開けていいのー？」

「まだだ」

気の早い翔太を笑った城戸崎が、ウエットティッシュを差し出す。

「しっかり手を拭くんだぞ」

「はーい」

今日の翔太はことさら聞き分けがいい。

とにかく重箱の中身を早く知りたいようだ。

椅子に腰を下ろした優貴は手を丹念に拭き、水筒に入れてきた麦茶を紙コップに満たしていく。

これほど天気のよい日に屋外で食事をするのだから、城戸崎もビールを飲みたいところだろう。

けれど、車を運転できるのは彼だけなので、そういうわけにもいかない。

運転免許証など自分には必要ないと思っていたけれど、こんなときは持っていないことが悔やまれる。

「ふいたよー」

「じゃあ、開けていいぞ」

ようやく許しを得た翔太が、両手を目いっぱい伸ばして重箱の蓋《ふた》を開けた。

「わー、すごーい」

感嘆の声をあげた彼は、一の重をテーブルに下ろす。

「ひゃっほー」

二の重をテーブルに下ろすと、ようやく弁当の全容が露《あら》わになった。

「うひゃひゃ……」

妙な声をあげながら、彼が重箱に詰まった料理を眺める。

もちろん、翔太の好物ばかりを詰め合わせてきた。

一の重には、鶏の唐揚げ、ウインナー、卵焼き、フライドポテト。

二の重にはひと口大のハンバーグ、アスパラのベーコン巻き、海老《えび》フライを、塩ゆでしたブロッコリーやミニトマトなどの野菜を添えて彩りよく盛り付けた。

三の重には、海苔《のり》を巻いた俵形《たわらがた》の小さなおにぎりと、サンドイッチがぎっしり詰まっている。

今日は滅多にない特別な日であり、昼食だけのことだから、栄養のバランスなど考えていない。

冷蔵庫にある材料で献立を考え、とにかく重箱がいっぱいになるよう城戸崎と二人で作ったのだ。

「さあ、食べよう」

「いっただきまーす」

城戸崎のひと言とともに、翔太が紙皿にどんどん料理を取っていく。

慌てなくても大丈夫なのにと思いつつも、嬉しくてしかたないといった顔をしている彼が微笑《ほほえ》ましく、自然と頬が緩む。

「いただきます」

優貴は鶏の唐揚げ、卵焼き、おにぎりを紙皿に取り、さっそく食べ始めた。

三種とも城戸崎が担当した料理だ。

「美味しいね？」

「おいしー」

翔太と顔を見合わせて笑う。

城戸崎が作る料理はどれも抜群に美味《うま》い。

けれど、今日はいつも以上に美味く感じられる。

陽射しが暖かなだけでなく、開放的な場所で食べていると、童心に帰っていくような気がした。

「ケチャップがついてるよ」

翔太の口の周りが赤くなっている。

手に取ったハンドタオルで、手早くケチャップを拭《ぬぐ》ってやる。

「千堂君《せんどう》」

「はい？」

呼ばれて首を傾《かし》げると、彼が小さく笑った。

「ここ」

城戸崎が人差し指で自分の口元を指し示す。

「お兄ちゃん、ほっぺにおべんとつけてるー」

「翔太と同じくらい世話が焼ける」

城戸崎が笑いながら優貴の口元についている米粒を指先でつまみ、当たり前のようにそれを食べる。

「あっ、すみません……」

顔を真っ赤にして目を逸《そ》らす。

二人きりのときは「優貴」と言う城戸崎も、翔太の前ではこれまでどおり名字で呼んでいる。

だから、彼から呼びかけられたとき、普通になにかを頼まれるのかと思った。

ところが、顔についた米粒を見つけられたばかりか、それを翔太にまで笑われたのだから恥ずかしい以外のなにものでもない。

口の周りを汚している翔太の世話をしてやったばかりだから、なおさら羞恥《しゅうち》が募る。

これでは、幼稚園児の翔太と同じだ。

さりげなく教えてくれればいいのにと、つい城戸崎のことを恨めしく思ってしまう。

「みんなで食べるとおいしいねー」

海老フライを頬張る翔太が、嬉しそうに笑顔を弾《はじ》けさせる。

屈託のない笑みに、優貴の羞恥は一瞬にして吹き飛ぶ。

米粒がついていたくらい、なんだというのだ。

翔太だって馬鹿にして笑ったわけではない。

次にいつ三人で遊園地に来られるかわからないのだから、いまこの時を思いきり楽しめばいいのだ。

「お兄ちゃん、お茶ちょーだーい」

「ああ、ごめんごめん」

麦茶を催促された優貴はそそくさと水筒を取り上げ、コップを満たしてやる。

翔太はよく食べ、よく笑う。

のんびりと食事をしている城戸崎は、微笑ましそうに翔太を眺めている。

これまで見たことがない、とても穏やかな笑顔。

翔太を心の底から愛しているのがわかる。

「これ、美味いな」

不意に城戸崎がこちらに目を向けた。

彼を見つめていた優貴は、鼓動が跳ね上がる。

「一緒に巻いたチーズがいい味を出してる」

「ホントですか？　よかったー」

満面の笑みで言われ、喜びの声をあげた。

料理を頑張っている最中だから、褒められると素直に嬉しい。

「どれがおいしいのー？」

会話を耳にした翔太が、さっそくテーブルに身を乗り出してくる。

「これだよ」

城戸崎がアスパラのベーコン巻きに刺さるピックを摘まみ、瞳を輝かせている翔太に差し出す。

「翔太の大好きなチーズが入っているんだぞ」

「やったー」

歓声をあげた翔太が、渡されたアスパラのベーコン巻きをすかさず頬張る。

子供でも食べやすいようにと小さめに作ったのだが、それでも翔太にはまだ大きかったのか、しばらくもぐもぐと口を動かしていた。

「おいしー！　もっとちょーだーい！」

「お皿に取ってあげるね」

翔太の満足そうな顔が嬉しくて、優貴は弾んだ気分で紙皿にアスパラのベーコン巻きを載せていく。

「もういっこ」

皿に二つ載せたところで翔太が追加を要求してきた。

自分が作った料理を、こんなにも喜んでくれている。

彼のために作った弁当だから、彼の笑顔が本当に心に染みた。

「またみんなでおべんとーたべたーい。こんどはどうぶつえんに行こー」

「そうだな」

楽しそうな声をあげた翔太を見て、城戸崎が優しくうなずく。

彼が経営するギャラリーは月曜日が定休日。

翔太が行きたがっている動物園は月曜日が休園日。

彼が定休日以外に休みを取らなければ、動物園に行くことはできない。

経営者としてはなかなか休めないだろうが、翔太のためであれば彼はなんとかするように思える。

また三人で楽しく弁当が食べられる日も、そう遠くないのかもしれない。

考えるだけワクワクしてくる。

「みんなでお出かけすると楽しい？」

「たのしーよー。パパもお兄さんもだーい好きだから、いっしょにいーっぱいお出かけしたいのー」

大きな声を響かせた翔太の無邪気さに、優貴は城戸崎と顔を見合わせて笑う。

楽しくて、嬉しくて、幸せしか感じない。

「おにぎりもういっこ食べるー」

「僕も食べようっと」

食欲旺盛な翔太と一緒になっておにぎりを頬張った優貴は、三人で過ごせることの喜びに浸っていた。

＊＊＊＊＊

「お風呂で寝ちゃわないといいけど……」

ダイニングキッチンで冷蔵庫の中を覗《のぞ》いている優貴は、城戸崎と風呂に入っている翔太が気がかりでならない。

〈クマさんランド〉を早めに出て、ファミリーレストランに寄って夕食をすませ、つい先ほど帰宅した。

興奮冷めやらぬといった感じの翔太は、車中で寝ることもなくずっとはしゃいでいたのだが、マンションに到着する寸前でこっくりこっくりし始めたのだ。

遊んで帰ってきたのに風呂に入れないわけにもいかず、城戸崎はひと休みする間もなく愚《ぐ》図《ず》る翔太をバスルームに連れて行った。

「お父さんはホント大変だなぁ……」

重箱や水筒などの洗い物を終えた優貴は、どんな状況でも翔太を最優先する彼が少しでも安らげるようにと、酒の用意をして待とうと思い立ったのだ。

「あんまりお腹《なか》は空《す》いてないだろうし……」

夕食をすませているから、つまみを何品も用意する必要はなさそうだ。

冷蔵庫から生ハム、チーズ、ブラックオリーブを取り出し、クラッカーと一緒に皿へ盛り付けていった。

つまみ、取り皿、フォークなどをトレーに載せ、リビングルームに運んでいく。

「ビールは城戸崎さんが戻ってからで……」

「なにをしているんだ？」

膝立ちになって、運んできた皿をテーブルに並べていた優貴は、城戸崎の声に驚いてハッと顔を上げる。

バスローブ姿でこちらを見ている彼が、フェイスタオルで濡《ぬ》れた髪を無造作に拭きながら首を傾げた。

「早くビールが飲みたいだろうと思って」

トレーを手に立ち上がり、軽く肩をすくめる。

「気が利くな」

嬉しそうに笑った彼がダイニングキッチンに向かい、優貴はあとを追う。

「優貴も飲むだろう？」

「はい」

冷蔵庫を開けている彼に、素直にうなずき返した。

毎晩のように酒を飲む彼とは異なり、優貴は自分から口にすることはない。

夕食後、翔太を寝かしつけてからが二人の時間になるのだが、彼と一緒に酒を飲んだのは数えるほどだ。

夜に漫画を描いていることを知っている彼は、酔って仕事ができなくなってはいけないと考えているようで、いつもひとりで晩酌していた。

好きな酒を我慢しているわけではないから、飲んでいる城戸崎と一緒にいても苦にはならない。

とはいえ、酒飲みとしては相手がいたほうが嬉しいだろうと思うし、楽しい一日を過ごした今夜は彼と一緒に飲みたかった。

「グラスを出してくれるか」

「グラスですか？」

「ああ、今夜はグラスで飲みたい気分なんだ」

城戸崎がにこやかに言って、冷蔵庫から缶ビールを取り出す。

急にどうしたのだろうかと思いつつも、トールグラスを二つ用意した優貴は、彼とリビングルームに向かう。

「ふぅ……」

大きく息を吐き出した彼がソファに腰を下ろし、缶ビールを開けていった。

並んで腰かけた優貴がテーブルに置いたグラスに、冷えたビールを満たしていく。

彼が大きなため息をもらすなど珍しい。

隣に座っている城戸崎の横顔が、少し疲れているように見えた。

活発な幼稚園児につき合って一日、遊んだうえ、行きも帰りも運転をしていたのだから、さすがに彼も堪《こた》えたのかもしれない。

「お疲れさまでした」

「お疲れ」

乾杯をしてすぐビールを呷《あお》り始めた彼を見つつ、優貴も少し口に含む。

「はぁ、美味い」

冷たいビールで喉を潤《うるお》した彼が満足げにつぶやき、グラスをテーブルに戻してソファの背に寄りかかる。

「ああ、ありがとう」

優貴が空のグラスに新たなビールを満たすと、彼が礼を言ってくれた。

当たり前だと思わず、彼は必ずひと言、添える。

どんなときも気遣いを忘れない。

些細《ささい》なことかもしれないけれど、彼のそういうところが好きなのだ。

「これから仕事があるんじゃないのか？」

「今日はお休みです」

「締め切りは？」

「大丈夫ですよ、心配しなくても」

笑って答え、ビールを飲む。

規則正しい生活を送っているだけでなく、仕事に集中できる環境を得たから、時間の配分が上手《うま》くできるようになり、締め切りに追われることもなくなった。

「じゃあ、ゆっくり飲めるんだな?」

「ええ」

真《ま》っ直《す》ぐに見つめてくる彼に、笑顔でうなずき返してグラスを口に運んだ。

「無理して飲むことはないからな」

「えっ?」

「俺は優貴がそばにいてくれればそれで充分だから」

「無理してないですよ。今日はビールが美味しいです」

いつもより飲むペースが速いから、彼は心配したのだろう。

でも、不思議なくらい今夜はビールが美味く感じられる。

もう少し酒に強くなったら、今以上に城戸崎と楽しい時間が過ごせそうだが、こればかりは体質だからどうしようもない。

「はぁ……」

早くも顔が熱くなってきた。

グラスの半分も飲んでいないというのに、本当に情けない。

「顔が赤いな」

「急いで飲み過ぎちゃったみたいです」

照れ笑いを浮かべて肩をすくめると、城戸崎に持っていたグラスを取り上げられた。

「ほどほどにしておいたほうがいい」

グラスをテーブルに戻した彼が、優貴に向き直る。

「優貴……」

彼が真っ直ぐに見つめてきた。

いっときも逸れることのない力強い瞳に、身体《からだ》がざわめいてくる。

「君は可愛いな」

そっと抱き寄せた彼に唇を塞がれた。

「んんっ……」

唐突なキスに驚いたのはほんの一瞬のこと。

そのままソファに押し倒してきた彼を、躊躇《ためら》うことなく両の手で抱きしめる。

「優貴、愛してる……」

甘い囁《ささや》きが耳を掠《かす》めていく。

唇が首筋に押し当てられ、柔肌《やわはだ》を啄《ついば》み始めた。

「んっ……」

音が立つほどに何度もキスされ、勝手に身体から力が抜けていく。

「城戸崎さん……」

「うん？」

「好き……」

優貴のひと言に目を細めた彼が、再び柔肌を啄んでくる。

ときに舌を這《は》わせ、ときに耳たぶを甘噛《あまが》みし、ときに唇を深く貪《むさぼ》ってきた。

まるでキスの雨を降らせているかのようだ。

「っん……」

搦《から》め捕《と》られた舌をきつく吸われ、完全に身体から力が抜け落ちる。

いつになく彼の唇が熱い。

バスローブ越しに感じる鼓動が速い。

それらのすべてが心地よく、うっとりしてしまう。

「ふぁ……」

濡れた唇をツイッと舐《な》められ、ひくりと肩を震わせる。

「う……んん」

再び忍び込んできた舌で執拗に口内をなぞられ、ねっとり甘いキスに夢中になった。

身体のそこかしこが熱を帯びている。

「んっ……」

城戸崎に太腿《ふともも》を撫《な》でられ、優貴はハッとしたように彼の手を摑《つか》んだ。

「どうした?」

「ダメですよ」

訝しげな顔をしている彼に、小さく首を振ってみせる。

「いやなのか?」

「翔太君が起きてくるかもしれないですから」

城戸崎の下からそっと抜け出し、ソファに座り直す。

「疲れ切ってたみたいですぐに寝たし、途中で目を覚ますようには思えないけどな」

しかたなさそうな顔で身体を起こした彼は、バスローブの乱れを手早く整える。

「でも、もしもってことも……」

優貴は咎《とが》める視線を向けた。

ぐっすり眠っていても、いつなんどき目を覚ますかわからない。

トイレに行こうとして、リビングルームの明かりに気づけば、様子を見にくる可能性だってあるのだ。

はしたない姿で抱き合っているところなど、まだ五歳の翔太には絶対に見せたくない。

場所も弁《わきま》えず、キスに溺《おぼ》れてしまった自分を恥じる。

「そうだな、親として危険は回避すべきだ」

わかってくれたようだと安堵《あんど》したのも束《つか》の間《ま》、ソファから立ち上がった城戸崎に手を握られ、強引に引っ張り上げられた。

「城戸崎さん？」

「場所を変えればいいんだろう？」

意味ありげに笑った彼が、腰に手を回してくる。

「安全な場所に行こう」

それがどこかを訊《たず》ねるまでもない。

二人で濃密な時間を過ごすのは、優貴の部屋と決まっている。

翔太は父親である城戸崎の寝室であっても、いきなりドアを開けてしまうから、安全な場所とは言い難《にく》い。

けれど、家族のように暮らしていても、本当の家族ではない優貴の部屋に勝手に入ってはいけないと城戸崎がきつく言い聞かせているため、翔太は必ずノックをするのだ。

安全さえ確保されれば城戸崎を拒む必要もなく、優貴はすっかり身を預けて静まり返った廊下を歩いていた。

あとがき

みなさまこんにちは、伊郷ルウです。

このたびは『パパは敏腕社長で溺愛家』を手に取ってくださり、誠にありがとうございました。


今回はデビューしたばかりの漫画家が主人公です。

夢が叶って漫画家にはなったけれど、生活は少しも楽にならず……。

でも、漫画を描くことが大好きだから、腐らずに突き進んでいく真面目な男子です。

貧困生活を送る新人漫画家と、仕事に厳しい子持ちのイケメン社長が出会い、紆余曲折ありながらも、互いに惹かれ合ってラブラブになる。

元気で可愛いちびっ子を交えた、いつもの甘々ストーリーですので、楽しんでいただければ幸いです。


月日が経つのは本当に早く、ルチル文庫さんで最初に書かせていただいてから四年になります。

これからも、楽しくて愛のある作品を書いていきたいと思っていますので、どうぞよろしく願いいたします。

最後になりましたが、イラストを担当してくださった金ひかる先生に、心より御礼申し上げます。

お忙しい中、素敵なイラストの数々をありがとうございました。

伊郷ルウ

二〇二〇年　一月

✦初出　パパは敏腕社長で溺愛家…………………書き下ろし
楽しい休日…………………………………書き下ろし

伊郷ルウ先生、金ひかる先生へのお便り、本作品に関するご意見、ご感想などは
〒151-0051 東京都渋谷区千駄ヶ谷 4-9-7
幻冬舎コミックス　ルチル文庫「パパは敏腕社長で溺愛家」係まで。

幻冬舎ルチル文庫

パパは敏腕社長で溺愛家

2020年1月20日　　第1刷発行

✦著者　伊郷ルウ　いごう るう

✦発行人　石原正康

✦発行元　株式会社 幻冬舎コミックス
〒151-0051 東京都渋谷区千駄ヶ谷 4-9-7
電話 03(5411)6431［編集］

✦発売元　株式会社 幻冬舎
〒151-0051 東京都渋谷区千駄ヶ谷 4-9-7
電話 03(5411)6222［営業］
振替 00120-8-767643

✦印刷・製本所　中央精版印刷株式会社

✦検印廃止

ISBN978-4-344-84600-5　C0193　Printed in Japan